『星の王子さま』再読

Relire *Le Petit Prince*

土田知則［著］

小鳥遊書房

目次

はじめに

というのもぼくは、この本を軽い気持ちで
読んでほしくないんだ。
アントワーヌ・ド・サン゠テグジュペリ

サン゠テックス（Saint-Ex）の愛称で親しまれているフランスの小説家アントワーヌ・マリー・ジャン゠バティスト・ロジェ・ド・サン゠テグジュペリ（Antoine Marie Jean-Baptiste Roger de Saint-Exupéry）、略してアントワーヌ・ド・サン゠テグジュペリ（一九〇〇年六月二九日―一九四四年七月三一日）は、一二歳のときに初めて飛行機に搭乗してから、ロッキードF-5Bライトニング機で偵察飛行に出たまま行方不明になるまで、人生の多くの時間をこの空の乗り物とともに過ごした人だった。そして、彼はまた優れた小説家でもあった。飛行機の操縦という体験・職務から想を得たと思われる小説を、次々と世に送り出したのだ。『飛行士〔*L'Aviateur*〕』（一九二六年）、『南方郵便機〔*Courrier Sud*〕』（一九二九年）、『夜間飛行〔*Vol de Nuit*〕』（一九三一年）、『人間の土地〔*Terre des Hommes*〕』（一九三九年）、『戦う操縦士〔*Pilote de Guerre*〕』（一九四二年）、『城砦〔*Citadelle*〕』（一九四八年、死後刊行）など、いずれも後代に残る名作と言ってよいだろう。

だが、彼の作品の中で、今もなお多くの読者に愛され、年齢の隔てなく読み継がれている作品となると、やはり『星の王子さま』の邦題で知られる*Le Petit Prince*（一九四三年）ということになるだろう。実はあまりジャンルが定かではないこの作品は、作者が死亡する前年に、フランス語版と英訳版がアメリカ合衆国で同時に刊行されている。因みに、本国フランスでの刊行は、三年後の一九四六年であった。一九四二年にフランスで刊行された『戦う操縦士』の発禁処分などを考慮すると、この小作品のフランス語版刊行の遅れには、第二次世界大戦により、なおも混迷していたフランスの国内事情、とりわけナチス・ドイツによる軍事的圧力が、多分に影響していたと推測することもできる。彼の事実上の遺作である*Le Petit Prince*には、「戦争」の影や傷跡が随所に深く刻み込まれているのだ。大げさに言うなら、それはある種の戦争文学と考えることも可能だろう。つまり、彼がそれまで書いてきた小説群と共通の香りを漂わす一作と考えることもできるのだ。

しかし、これまでの状況を鑑みるなら、この作品が「戦争」というテーマを秘めた、悲惨で陰鬱な物語として受容され読解されたことは、一部の例外を除き、ほとんどないように思われる。この物語は、刊行当初から現在に至るまで、メルヘンティックな子ども向けの童話、あるいは児童文学作品の傑作として評価され、読まれてきたという感が、どうしても否めないのだ。

本書のタイトルを『『星の王子さま』再読』としたのは、この物語を子どもたちのために創作された心和む童話や児童文学として読み直すためではない。大人たちの世界、「戦争」の不条理、そして、そこから生じる様々な懊悩・悲しみ・孤独、そして同時に、掛け替えのない「友愛」や「平和」について豊かな思考を繰り広げる作品として、読み直してみたいと考えたからだ。それはまさに、「軽い気持ち」では読めない、そして、隅々にまで作者の思考と願いが込められた、珠玉とも言うべき一作なのだ。

だが、こうして大見得を切ったものの、従来慣れ親しまれてきたイメージや評価からこの作品を引き離し、それとは異なる見解を提示するのは、そう容易《たやす》いことではない。それには、正直なところ、それなりの覚悟や勇気も必要だろう。無論、不安も付きまとう。この作品を心から慈しみ、一種の聖典のように接してきた読者にとっては、ここで示される「読み」は、冒瀆や反抗のように感じられるかもしれないからだ。しかし、それでもよいではないか。テクストと真摯に向き合い、そこで感じ考えたことを、飾らず、包み隠さず文章にしておくこと。それにも、それなりの意味があるのではないか。最後には結局、そう考えることにした。

文章だけを考えるなら、原文で僅か七十数頁ほどの小作品だが、そこには論じるべきこと、論じられていないことが、まだまだ数多くあるような気がする。当然ながら、本書を執筆し終えた後でも、未だにどう解釈し理解していいのか分からず、取り残されている問題もある。それらについては、次の機会に譲りたいと思う。

本書は、長短全12章から構成されている。無論、章の順番や長さと、問題の重要性には、基本的に何の関係もない。

第1章では、長い間名訳として人口に膾炙《かいしゃ》してきた、『星の王子さま』という邦訳タイトルについて論じている。このタイトルが名訳であるという評価はそれなりに認めつつも、そう題されることで、作品から抜け落ちてしまうと思念されるものについて、考察している。

第2章では、常にこの作品の基調をなし、通奏低音のように鳴り響く「小さなもの」への思いについて確認した。それは言うまでもなく、原文タイトルに含まれる「小さな(petit)」という形容詞の意義と深く関係している。それは、常に「大きな(grand)」ものと対置される形で思念されなければならないだろう。

第3章では、王子が地球に辿り着く前に経めぐった六つの星と、そこで出会う六人の住人たちとの対話および、その内容について考察している。王子と彼らの遣り取りは、読者に何を伝え、訴えようとしているのだろうか。

第4章では、この作品は誰に宛てて書かれているのか、という問題を中心に考察を展開している。主要な「読者」として想定されているのは、はたして誰なのか。こうした議論は、「読者」の問題について再考を促すと同時に、この作品のジャンル的な位置づけを探る上で、極めて有効な視座を提供することになるだろう。

第5章では、既に述べたように、この作品を「戦争」の物語として読み解く試みが為されている。作品が執筆された当時の状況を考えるなら、「戦争」とは「第二次世界大戦」ということになるかもしれない。だが、この作品の随所で比喩的・寓話的・間接的に語られる「戦争」は、「第二次世界大戦」を含め、いつどこで生じるかもしれない、あらゆる「戦争」を暗示している。王子とはまさに、そうした戦争の犠牲者かもしれないのだ。

第6章では、主人公である王子の不思議で謎めいた存在の在り方について、考察が施されている。虚構である以上、登場人物やその状況については、基本的にいかなる制限も存在しない。王子がどんな人であっても、どんな場所で暮らしていても、別段何も気にする必要はないだろう。しかし、そう考えてもなお、王子の身の上は、読者が思い描く通常の子どもたちのそれとは、あまりにもかけ離れている。まだ幼い王子は、いったいどうして、家族もなく、たった一人で小さな星に身を置くことになったのか。どのようにして、日々の生活を維持しているのか。経めぐる七つの星々のなかで、何故、地球に最も長く滞在することになるのか……。

第7章は、王子が地球で最も親しく対話を交わす動物、キツネについて考察している。この動物はこれまで、王子に貴重なメッセージを与える存在、王子の真の「友だち」として理解され、位置づけられてきた。だが、ここでは、キツネのイメージや言動を改めて問い直す形で、従来の見解に対し、敢えて異論を提示するよう試みた。無論、キツネという一つの動物を、非難・糾弾することが目的なのではない。それは、この動物が長年背負わされてきた、恣意的と言う他ない文化的イメージ操作に起因するものなのだ。

第8章では、王子に対してキツネが執拗に発する、「飼い馴らす・なつかせる(apprivoiser)」という動詞の意味について考察が為されている。この動詞の使用は、友愛の気持ちを交わす誠実な方法に、はたして寄与しているだろうか。不思議なことに、この特殊な動詞については、これまでのところ、あまり踏み込んだ分析が為されていない。この問題は、言うまでもなく、前章のテーマとも深く関わっている。キツネをあくまでも善良な存在と見なそうとするあまり、この狡猾さを含意する動詞の本来的な意味合いが希釈され、真摯であるべき解釈の方向性に歪みが生じているように思われるのだ。

第9章では、地球で展開される物語の冒頭と結末に登場し、王子にとって欠かせない役割を果たすヘビについて考えている。『聖書』などでもお馴染みのヘビは、人間を堕落の道に誘い込む邪悪な存在、また、鋭い牙から分泌される強力な毒素ゆえ、「死」をもたらす不吉な生物として思念されることが多い。この物語でも、ヘビは確実に「死」と関連づけられている。だが、王子の出会うヘビには邪悪さ・残忍さといった匂いが、ほとんど感じられない。それは、キツネとは対照的に、相手を籠絡しようとすることもなければ、虚偽を口にすることもない。淡々とその使命を遂行するだけなのだ。

第10章では、王子と「他者」との関係が論じられている。この作品においては、王子の対話相手は、どの場面においても常に一人というのが原則である。また、語られる内容も、自己と特定の「一者」に関わる話がほとんどだ。だが、星への帰還が近づくにつれ、そうした関係は薄れ、王子の意識は次第に複数の存在・他者たちに向けて開かれていく。

第11章では、キツネとの長い遣り取りと、星への帰還間近の行動を描く部分の間に、唐突とも言える形で挿入された、二人の地球人——線路のポイント係と、薬を売る商人——をめぐる逸話について考えてみた。作品の終盤間際に、いかにも取って付けたように加えられた、これら二人の地球人の逸話は、いったい何を読者に伝えようとしているのだろうか。

最終章（第12章）では、この物語の世界観が表出していると思われる最後の二枚の挿絵を眺め、そこに感じ取れるものを「星と砂漠の思考」という表現に要約することで、本論考の、とりあえずの「まとめ」とした。

このテクストを読み直してみて改めて気づかされたのは、王子という一人の存在に託されたものを読み解くことの困難さだった。この作品は、童話や児童文学といったジャンルにはすんなりと収まりきらない、暗鬱で深刻な要素を幾つも抱え持っている。決して平和な話ではないし、読者に幸福な夢や希望のようなものを伝える物語でもない。むしろ、逆である。『星の王子さま』という、いかにも可愛く、愛らしい邦訳タイトルに慣れ親しんできた読者にとっては意外かもしれないが、この物語に込められた思想やイメージには、絶望的と思えるほどの孤独感や遣り切れなさが常に随伴している。

この場で展開される解釈がすべて正しいと主張するつもりは毛頭ない。ここで試みられているのは、一見平明そうに見えるこのテクストを、一つの意味やジャンルに括り入れることなく読み解き、テクストを再読することの意味や方法について改めて確認し直すことに他ならない。それがどこまで成功しているかは分からない。今はただ、祈るばかりである。

1　邦訳タイトル『星の王子さま』をめぐって

フランスの小説家アントワーヌ・ド・サン＝テグジュペリ（一九〇〇―一九四四）が偵察飛行中に死亡する前年に発表した『星の王子さま（*Le Petit Prince*）』は、その後世界中で翻訳され、今なお多くの読者たちに愛され続けている。日本においても状況は変わらない。それは、二〇〇〇年代に入って続々と世に出た夥しい数の新訳を見ても明らかである。

こうした状況は、一九五三年に岩波少年文庫から邦訳が刊行されたとき、内藤濯氏が『星の王子さま』という絶妙なタイトルを選んだことに起因するとされている。新訳に取り組んだ訳者の中にも、このタイトルに敬意を表し、それをそのまま踏襲している人が多い。たとえば、集英社文庫版（二〇〇五年）の訳者、池澤夏樹氏は「ぼくの訳でも内藤濯氏が作った『星の王子さま』というタイトルをそのまま使うことになった。この邦題は優れている。実際の話、これ以上の題は考えられない」(1)と述べ、また新潮文庫版（二〇〇六年）の訳者、河野万里子氏は「このように考えるとき、星の輝《かがや》きはなんと象徴的で、『星の王子さま』というタイトル〔……〕は、なんと深く、豊かに、やさしく響《ひび》くことだろうか。名づけ親である内藤濯《ないとうあろう》氏に、敬意と感謝をささげつつ、拙訳《せつやく》もこのタイトルでつつみこむことができるのを、うれしく思う」(2)と大絶賛している。さらに、内藤濯氏の子息、初穂氏は「この作法〔声にだして読むに耐えるリズム重視の訳文〕の集大成というべきものが、満七十歳の春に訳したサン＝テグジュペリの『ル・プチ・プランス（小さな王子)』であった。この原題が必ずしも王子のありようを写していないと感じた父は、『星の王子さま』という新たな名を王子に与え、期せずしてロングセラーへの道を開いた」[3]と述懐している。

*Le Petit Prince*が『星の王子さま』と訳出されることで、幅広い読者の共感を得、今日に至るロングセラーになったというのは、確かに無視できない事実であろう。同様の現象は、ジョルジュ・サンド(George Sand, 一八〇四―一八七六)の『愛の妖精〔*La Petite Fadette*〕』(一八四九年)、ルイーザ・メイ・オルコット(Louisa May Alcott, 一八三二―一八八八)の『若草物語〔*Little Women*〕』(一八六八年)、ルーシー・モード・モンゴメリ(Lucy Maud Montgomery, 一八七四―一九四二)の『赤毛のアン〔*Anne of Green Gables*〕』(一九〇八年)などの場合でも生じていると思われるからである。

だが、『星の王子さま』の場合、原典から変更された箇所は“petit”(小さな)という形容詞一つであり、『愛の妖精』や『若草物語』などと比べると小さな要素に留まっている。とはいえ、それはフランシス・ホジソン・バーネット(Frances Hodgson Burnett, 一八四九―一九二四)の『小公女〔*A Little Princess*〕』(一九〇五年)において、“little”という形容詞が原典どおり「小」と訳出されているのとは対照的である。

海外の作品を日本語にする場合、そのタイトルをどう訳すかについては様々な意見があるだろう。基本的には、原典に合わせ、きっちり逐語訳的に処理するのがよいかとも思うが、言語の違いなどにより、なかなかしっくりといかない場合もあるだろう。また、内藤初穂氏が回想するように、どんな邦訳タイトルにするかで、その作品の売り上げ、すなわち経済効果にも影響が及ぶかもしれない。売れそうなタイトルにしなければと知恵を絞る編集・出版スタッフの努力を無視することはできない。

とはいえ、そうした邦訳には、時として非常に重要な問題が潜んでいることも確かであろう。長らく踏襲されてきた『星の王子さま』という邦訳には、はたしてまったく問題がないのだろうか。池澤氏が熱く語るように、『星の王子さま』についいては、本当に「これ以上の題は考えられない」のだろうか。また、内藤氏が主張していたと言われるように、「この原題が必ずしも王子のありようを写していない」と確言することに、いったいどれほどの正当性や信憑性があるのだろうか。邦訳から完全に消去・抹消されてしまった“petit”という形容詞には、作品にとって本質的なものは何も含まれていないのだろうか。作者のサン＝テグジュペリは、この形容詞を何の意味もなく“prince”という語の前に付加したのだろうか。

こうした問題について真正面から貴重な問いを投げかけているのは、光文社古典新訳文庫版の訳者、野崎歓氏である（氏は、当作品に『ちいさな王子』という邦題を与えている）。野崎氏は内藤濯氏の採用した邦訳タイトルを「多くの読者に愛され続けた、まさに歴史的名訳」(4)と評価しながらも、

「*Le Petit Prince* はまったく別の名前を求めているのではないかと、ぼくにはずっと思えていたのである」(5)と述べている。少し長くなるが、野崎氏の見解をさらに追ってみよう。

『星の王子さま』という天才的なネーミングあればこそ、この作品はこれだけ親しまれてきたのだ、との説にぼくは与《くみ》しない。〔……〕ぼく自身は、『星の王子さま』という題名は甘ったるくてちょっと照れるなあとずっと感じてきたひねくれ者である。だから内藤訳に親しんだことはない。「小さい《プチ》」という形容詞がタイトルから消えているのはまずい、とも考えてきた。なぜなら、「望遠鏡でも見えないくらいの」小さな星からやってきた、小さな王子の、小さな物語、それが本書だからだ。「大きな人《グランド》」つまり大人の考え方や発想の彼方で、子どもの心と再会することが本書のテーマである。「大きい」「小さい」の区別が物語にとって重要な事柄となっているのは、バオバブの一件がよく示しているとおりだろう。

もちろん、petit は単に物理的に「小さい」というだけでなく、幼い、可愛らしい、いとしい、といったニュアンスを帯びてもいる(6)。

野崎氏の見解は極めてもっともだと思われる。『星の王子さま』というタイトルは、読者の親しみを買うという意味では確かに優れた訳なのかもしれない。現に、「天才的な」効果を発揮してきたとさえ言える。だが、作者サン＝テグジュペリが様々なニュアンスを込めて用いたに違いない“petit”という決定的な形容詞が完全に消去・抹消されることで、悲壮さ・凄絶さといった雰囲気さえ漂うこの作品の意図や風景はあっけなく無化されてしまった。この作品は決してメルヘンティックなものではない。むしろ、その逆だと言えよう。当作品における形容詞“petit”の含意については後にまた触れるが、文字どおり「小さな」この形容詞こそ、まさにサン＝テグジュペリの小説世界を読み解くキーワードに他ならないのだ。

　話題は少し逸れるが、ノーベル文学賞作家、パトリック・モディアノ（Patrick Modiano, 一九四五―）が二〇〇一年に発表した *La Petite Bijou* というタイトルの小説がある。“bijou”という語は男性名詞なので、本来は *Le Petit Bijou* となるはずだが、女性主人公の子ども時代の「芸名・愛称」として使われているため、こうした破格的な表現となっている。では、このタイトルはどう邦訳されているだろうか。訳者の白井成雄氏は、この表現に二つの異なる訳語を当てている。本文に登場する場合は「かわいい宝石」、そしてタイトルとしては『さびしい宝石』と訳出しているのだ。[7] 白井氏はその理由について、「訳し方はいろいろ考えられたが、結局、日本語としての落ち着き具合を勘案し、本文では〈かわいい宝石〉を選んでみた。またタイトルとしては、作品内容がストレートに表現されるよう、編集者と相談のうえ『さびしい宝石』とした」[8]と述べている。こうした処置を徒《いたずら》に批判することは差し控えたいが、それでもやはり、幾ばくかの不自然さを感じざるをえない。"La Petite Bijou"という「芸名・愛称」は一種の固有名詞のようなものであり、本文中でも大文字で表記されている。つまり、普通に考えるなら、本文中に登場する"La Petite Bijou"も、タイトルとして与えられている *La Petite Bijou* も同一人物の固有名なのだ。「かわいい宝石」、「さびしい宝石」いずれを選ぶにせよ、どちらか一方に統一する方が好ましかったのではないだろうか。因みに、"petite"という形容詞には「かわいい」という意味合いはあるが、「さびしい」という含みはない。訳者は――良し悪しはともかく――本来的な意味から逸脱し、『星の王子さま』という邦題を選んだ内藤氏のように、タイトルとして後者(「さびしい宝石」)を選び取ったのだ。

同様の問題は、『星の王子さま』の邦訳にも表出している。そして、それはある意味、白井氏による邦訳以上に不自然な問題を提示している。内藤訳を受け継ぐ多くの訳者たちは、本文中に頻繁に現われる"le petit prince"という表現をどう訳出しているだろうか。彼らの趣旨に従うなら、それは「星の王子さま」と訳されなければならないだろう。因みに、『ちいさな王子』という邦題を選んだ野崎氏は、何の苦労もなく、ごく自然に「ちいさな王子」と訳出している。当然と言えば当然の処置である。タイトルの *Le Petit Prince* が『ちいさな王子』と訳された以上、本文に登場する“le petit prince”もまた「ちいさな王子」となるのが道理と考えられるからである。

しかし、『星の王子さま』という邦題を選んだ訳者たちは、本文中の“le petit prince”という表現を、まるで歩調を合わせたように「王子さま」という訳に切り詰めている。つまり、限りなく重要と思える“petit”という形容詞を徹底的に消去・抹消してしまっているのだ。こうして、本文に頻繁に立ち現われる“petit”という形容詞は、あたかも邪魔者であるかのごとく、表出する度にその存在を無視され、闇に葬り去られることになる。訳者たちにも煩悶があったのかもしれないが、それについては想像してみるしかない。

白井氏の訳のように、同じものを示すはずの“La Petite Bijou”という語に二つの異なる訳語を与えることも問題だが、目の前に現前する一つの形容詞を徹底的に排除するというのはさらに問題である。では、このような事態はどうして生じてしまったのか。それはもはや明らかであろう。サン＝テグジュペリの名作 *Le Petit Prince* を『星の王子さま』と訳した瞬間、すべては始まっている。本来的に「ちいさな」あるいは「小さな」を意味する“petit”を——「天才的に」——「星の」と訳すことで、この形容詞は訳者たちの思いから剥離し、完全に行き場を失ってしまったのだ。そして、そうした乖離を取り繕うためには、本文中に頻出する“le petit prince”という表現から、“petit”というこの表現の心臓とも言うべき形容詞を執拗に切り捨てなければならなくなった。つまり、『星の王子さま』という、一見名訳と思われる邦題を採用した訳者たちは、この作品の屋台骨と言っても過言ではない“petit”というささやかな形容詞を二度にわたり滅却したのだ。先ずはタイトルから、そして次に本文から。

ここで誤解のないよう一言しておくと、翻訳においては訳す側の言語と訳される側の言語の違いから、逐語的に訳すことが困難になる場合が多々ある。語彙面においても文法面においても、微妙で困難な問題は頻繁に生じる。しかし、*Le Petit Prince*の場合、そうした問題が生じるとは到底思われない。内藤初穂氏は「この原題〔『小さな王子』〕が必ずしも王子のありようを写していないと感じた父は〔……〕」と語っているが、その根拠はどこにあるのだろうか。“petit”を「小さな」ではなく、敢えて「星の」と訳す積極的な理由はいったい何なのだろうか。「星の」と訳されることで、この作品に「ロングセラー」への道が開かれたと言われれば、確かにそのとおりかもしれない。それによって、この作品が子ども向けのメルヘンティックな物語として移入・紹介され、日本においても童話・児童文学の名作として現在まで長く読み継がれてきたという経緯は、十分想像可能だからである。

しかし、この作品を読む際、サン＝テグジュペリが、おそらく強い信念と拘りをもって付したに違いない“petit”という形容詞を徒に無視することは、やはり許されないだろうと思われる。先に引いた野崎氏の主張にもあるとおり、この“petit”という形容詞こそ、*Le Petit Prince*という物語の思想と結構をリードするものであり、決して消去・抹消してはならないキーワードと言っても過言ではないからだ。百歩譲って、「星の」という言葉を認めるとしても、タイトルとしてはやはり、『小さな星の小さな王子（さま）』といったものでなければならないだろう。

では、この作品において、“petit”という形容詞はどうしてそれほど重要なのだろうか。次にその点について考えてみることにしよう。

【註】

（1）サンテグジュペリ『星の王子さま』池澤夏樹訳、集英社文庫、二〇〇五年、一四三頁。

（2）サン=テグジュペリ『星の王子さま』河野万里子訳、新潮社文庫、二〇〇六年、一五六頁。

（3）サン=テグジュペリ『星の王子さま』内藤濯訳、岩波文庫、二〇一七年、一九九頁。

（4）サン=テグジュペリ『ちいさな王子』野崎歓訳、光文社古典新訳文庫、二〇〇六年、一五一頁。

（5）同書、同頁。

(6) 同書、一五一―一五二頁。
(7) パトリック・モディアノ『さびしい宝石』白井成雄訳、作品社、二〇〇四年。
(8) 同書、一六五頁。

2 「小さなもの」と「大きなもの」

「小さな王子」は、その名が示すとおり、常に“petit”という形容詞を体現し、この形容詞の側で生きている。微妙な言い方になるが、“petit”はいわば、王子の代名詞とも言うべき形容詞なのだ。“petit”には様々な意味がある。その最も本源的な意味は「小さな・小さい」であるが、次のような幾つもの意味を同時に背負わされている。「背が低い」、「年少の」、「可愛い」、「愛しい」、「優しい」、「弱い」、「ささやかな」、「取るに足りない」、等々。つまり、王子は星からやって来た存在というよりも、何よりもまず、こうした多様なニュアンス・属性を背負った存在として確認され、思念される必要があるのだ。

したがって、王子の住む世界、赴く世界では、繰り返し「小さなもの」、「ささやかなもの」への優しい心根や理解が吐露される。すると、そこには必然的に、その対極に位置するものが定立されることになるだろう。それは、言うまでもなく、「大きなもの」である。この「大きなもの」の範囲はとても広大で複雑である。最も分かりやすいのは、“les grandes personnes”、つまり「大人・おとな」であろう。つまり、この小さな王子の物語は、子ども対大人という根源的な対立をその最も中心的なテーマの一つにしているのだ。それも、子どもの方がより優れた、知恵ある存在と捉えられている。ごく一般的に考えるなら、大人の方がより多くの叡智を有していて、子どもを教え諭すとか、リードするという図式になるだろう。だが、この物語では、そうした図式が完全に逆転させせられている。そうした様は、王子の考えにはもちろん、作者の分身とも言うべき語り手の考えにも明確に見て取ることができる。語り手は、ボアがゾウを飲み込み消化している彼の絵が理解できない大人たちについて、「そこで今度はボアの内側を描いてみることにした。おとなにもわかるようにね。なにしろおとなには、いつだって説明が必要なんだから」[1]と述べている。そして、さらに続け、こう不平をぶちまけている。「おとなたちは自分ひとりでは決して、なんにもわからない。そしてこどもにしてみれば、いつもいつも説明しなきゃならないというのはうんざりなんだ」(10・九)。

　そして、王子もまた、これと同種の見解を何度も口にすることになるだろう。王子に同調する語り手は自分を子ども扱いするだろう大人に対し、まるで達観しているかのようにこう提言する。「おとなってそんなものさ。だからって怒ってはだめだ。こどもは、おとなを大目に見てやらなくちゃならない」(20・二五―二六)。彼の感慨においては、どう見ても子どもと大人の知的・精神的関係が逆転しているように見えるのだ。王子が幾つかの星をめぐり、そこを去るときに投じられるのは、微妙に表現を変えながら次第に増幅されていく大人への決別の言葉だ。王子は王様、うぬぼれ屋、のんべえ、そしてビジネスマンに対し、子どもと大人の差異を決定的に確認する言葉――「おとなってほんとに変わってるなあ」(41・六二)、「まったくもう、おとなって、ほんとに変わってるなあ」(44・六五)、「まったくもう、おとなって、ほんとにほんとに変わってるなあ」(45・六七)、「まったくもう、おとなってとんでもなく変わってるなあ」(49・七四)――を残し、彼らの星を立ち去って行くのだ。

そして当然ながら、"petit(e)"という形容詞は物語を通じて何度も反復的に強調され、常にプラスの価値を付与されている。大きなものに比べると、小さなものは確かに弱く、無力である。小さなものは大きなものに支配され、容易く踏みにじられることもあるからだ。しかし、この物語では、「小さなもの」の存在価値は、「大きなもの」のそれの上位に置かれていると言ってよいだろう。それは無論、"le petit prince"、あるいは"un petit bonhomme"(坊や・小さな善人)という王子への呼称からも窺われるが、語り手や王子が用いる"petit(e)"という語の使用頻度にもよく現われている。

飛行機の故障でサハラ砂漠に墜落した語り手が最初に耳にするのは、「ふしぎな、かわいらしい声(une drôle de petite voix)」(11・一二)である。まさに、二人の幸福な出会いと忘れられない物語の開始を告げる「小さな声」である。そして、王子はその後、自分の星について「ぼくのところはとってもちいさいんだよ(Chez moi c'est tout petit)」(14・一五)と、事あるごとに強調する。王子の星はまさに「小惑星B612」(19・二三)であり、「自分と同じくらいの大きさしかない星」(20・二六)なのだ。だが、この小ささは王子にとって決してマイナスの意味を帯びてはいない。まさに、この小ささこそが大切なのだ。自分の星が小さいため、王子は大好きな美しい日没を一日に四十四回(原文は四十三回)も見ることができた(27・三六)からだ。訪れた最も小さな五番目の星を後にしたとき、王子は密かにこう述懐している。「自分では認めたくなかったけれど、ちいさな王子があの星をなごり惜しく思うのには、もっとわけがあった。それはあそこが、夕日を二十四時間に千四百四十回も見られる、恵まれた星だったからなんだよ!」(53・八〇)

ヒツジの絵を描いてと頼まれた語り手は、「描いてあげたのはほんのちいさなヒツジだよ」と言うが、王子には、それがそれほど小さいとは感じられない。王子が考えているヒツジは地球の人間が考えているものより、たぶんずっと小さいのだ。ともあれ、語り手と王子との出会いを示すこの重要な対話場面には、“petit”という形容詞が象徴的に凝集されている。「小さな」という形容詞のこうした頻繁な使用は、この物語が「小さなもの」を基点に形作られていることを明瞭に示していると言えるだろう。

「どうして?」

「だって、ぼくのところはとってもちいさい(petit)から……」

「きっと足りるさ。描いてあげたのはほんのちいさな(petit)ヒツジだよ」

坊やは絵に顔を近づけてながめた。

「そんなにちいさく（petit）もないなあ……。ほら！　ヒツジくん、眠ってるよ」

こんなふうにして、ぼくはちいさな（petit）王子と知りあいになったのさ。（15・一七）

だが、この物語には、“le petit prince”と真っ向から対立する表現が一回だけ使用されている。まさに、王子のアイデンティティを根底から切り崩す表現と言えるだろう。それは、キツネと出会う直前の、煩悶する王子の言葉の中に現われる。

それからこうも思った。（この世にたった一つしかない花をもってるぼくは、なんて豊かなんだろうといままでは思ってた。でもそれはどこにでもあるバラだったんだ。それと、ひざまでしかない火山が三つ。しかもそのうちの一つはきっと、これからも火が消えたままだろう。これじゃあぼくは、たいした王様にはなれないなあ……）そして王子は草むらにつっぷして、泣きだしたのさ。（66・一〇一）

ここで「たいした王様」という訳が当てられた原文は、"un bien grand prince"、つまり、「とても大きな・偉大な王子」といった意味を持つ言い回しだ。星から地球にやって来た王子は、これまで自分の身の周りにあったものの小ささや少なさに気づき、激しく打ちひしがれる。王子の心が「小さなもの」から「大きなもの」へと揺れ動く瞬間と見て間違いないだろう。大きな地球、バラの咲きほこる豊かな庭と対面した王子は、自分の存在、そして今まで生きてきた世界がいかに小さく、貧相であったかを思い知らされ、愕然とするのだ。だが、この先、王子の心が「大きなもの」へと向けられていくことはないだろう。王子は、この苦悶の涙のあとも「小さなもの」の側に寄り添い続け、"le petit prince"としてのアイデンティティを守り続ける。"un bien grand prince"の境地から遠く離れて。

ところで、小さなものという視点は王子だけではなく、幼少期の語り手にも共有されている。それを端的に語っているのが、語り手が六歳のとき、ジャングルを想像しながら描き上げた一枚の絵——「作品第一号」(9・八)——のエピソードである。語り手がこの絵を描くきっかけとなったのは、『本当にあった話』という本で目にした、「ボア(boa)が猛獣をのみこもうとしている絵」(9・七)だった。そこでは、ボアという巨大な蛇が、これまた決して小さくはないと思われる一頭の熊のような猛獣を丸飲みにしようとしていた。この絵に啓発された語り手は「作品第一号」を描き上げるのだが、それは大人たちにはただの「帽子」にしか見えない。大人たちの無理解に直面した語り手は、仕方なく、ボアの内側を描いた作品「第二号」（10・九）を仕上げる。それはボアが、これまた大きな動物であるゾウを丸飲みにし、消化している絵だった。これらのボアの絵については、様々な解釈が可能と思えるが、一つの問題は、それらが大きなものと小さなもの、あるいは大きなもの同士の関係を描出しているということであろう。小さなものは、大きなものに飲み込まれて生命を失う。大きなもの同士は、互いの大きさ・強さを競い合い、せめぎ合うことで、同じようにまた生命を失う。そこでは、「小さな」もの、「弱い」ものが必ず犠牲者になるという、過酷で非情な現実が支配している。

王子および幼少時代の語り手が大人と対比される形で描かれていることは既に指摘したとおりだが、語り手の大人への批判は、彼らの「数」（の大きさ）に対する執着、質ではなく量や効率ばかりを重視する姿勢にも向けられている。それは、数や量に価値を求めるあまり、語り手――そして、幼少時のサン＝テグジュペリ――の絵画への関心や才能を押しつぶすものとしても機能している。

するとおとなたちにいわれてしまった。内側だろうが外側だろうが、ボアの絵なんかやめて、それよりも地理や歴史、算数や文法のことを考

えなさいってね。というわけでぼくは六歳にして、本当はなれたはずの大画家の道をあきらめた。（10・九）

この出来事はその直後にも繰り返し言及され――「なにしろ六歳にして画家の道をおとなたちにあきらめさせられた」（12・一二）――、大人の子どもに対する無理解が強調されている。大人が子どもたちに勧める勉強科目は「美術」などではなく、すべて実利的なものばかりだ。とりわけ「数」を扱う「算数」は重要なのであろう。大人たちはどんなものについても、先ずはそれを「数」として捉え、その価値を吟味しようとするからだ。

おとなは数字が好きだからね。きみたちがおとなに、新しい友だちのことを話すとしよう。するとおとなは、大事なことについては決して質問しない。「その子、どんな声をしてる？　好きな遊びはなに？　チョウを集めてるのか？」などとは絶対にいわない。そのかわりに、「何歳？きょうだいは何人？　体重は何キロ？　その子のお父さんの年収は、どれくらい？」などといいだす。それでやっと、その子を知ったつもりになる。たとえばおとなな相手に、「バラ色のレンガでできたきれいな家を見たよ、窓辺にはゼラニウムが飾ってあって、屋根には白いハトがとまってた」なんていっても、おとなにはどんな家だか想像できない。

「十万フランの家を見たよ」といってやらなければ。するとおとなは叫びだす。「なんてすてきな家なんだ！」（19－20・二四－二五）

すべてを（大きな）「数字」の問題として処理しようとする大人たちに対して、語り手はその対極にある「小さなもの」たちの側に自身を位置づけ、「数字」頼みの思考から徹底的に手を引こうとしている。彼にとっては子どもたち（「小さなもの」たち）の方が、はるかに人生をよく理解しているのだ。

「でももちろん、人生ってものがわかっているぼくらにとっては、数字なんてどうだっていい！」（20・二六）。「数字」頼みの思考は、大きくなる（大人になる）につれて、おそらく、いや増しに高じていくだろう。語り手の懸念もすべてそこに集中している。「それにぼくも、数字にしか興味をもたないおとなになってしまうかもしれない」（20・二七）。そして他ならぬ、この懸念こそが、語り手に王子との邂逅を書き記し、王子の肖像画を描かせるための原動力となっているのだ。

「数字」頼みという語り手の辛辣な大人観は、まさに王子のそれと同じであり、王子が地球に来る前に訪れた幾つかの星の大人たちにも確認されるが、それについてはまた改めて触れることにしよう。

「大きなもの」と「小さなもの」の対立・対比を考えるとき、猛獣やゾウを飲み込むボアの絵とともに是非触れておかなければならないのは、王子の星に生える「バオバブ(baobabs)」の木である。因みに、“boa”と“baobabs”は音声的にも綴り的にもよく似ている。バオバブは、種子のときはまだ他の植物と区別がつかず、小さいうちは周囲に害を及ぼすこともない。だが、それは次第に成長し、やがては手に負えないほど巨大になる。バオバブは、伸びるまま放置していると、「教会の建物ほどもある大きな木」(22・二九)に成長し、やがてはゾウの群れでも食べきれない大きさに達してしまう。王子の住む小さな星にとって、巨大なバオバブは、まさに生命を破壊する存在なのだ。

ところでバオバブというやつは、手を打つのが遅すぎると、もうどうやったって退治できなくなってしまう。星じゅうをうめつくす。根っこでもって、星に穴をあけてしまう。あまりちいさな星に、バオバブがたくさん生えすぎると、星は破裂させられてしまうんだ。(23・三一―三二)

そこで王子は考える。それなら、バオバブがまだ小さいうちに、ヒツジに食べさせてしまったらどうだろうかと。「ねえ、本当なのかなあ、ヒツジがちいさな木(les arbustes)を食べてしまうっていうのは」(21・二九)。語り手の肯定の答えに、王子はにんまりする。「ということは、バオバブだって食べちゃうよね？」（22・二九）。王子のこの思いつきは、方法としても理屈としても確かに間違ってはいない。生え出したばかりのバオバブをすべてヒツジに食べさせてしまえば、それで問題は解決すると思えるからだ。だが、そこには極めて微妙な問題が含まれている。いかに小さな動物とはいえ、ヒツジが「小さな木・小灌木（les arbustes）」を食べるという構図は、「大きなもの」が「小さなもの」を飲み込むという、あのボアと猛獣・ゾウの構図をまさに反復しているからである。さらに言うなら、たとえバオバブであっても、小さな種子のうちは他の植物と同じく、「お日さまの光に向かって、まずはこわごわと、かわいらしい（petite）、だれの害にもならない茎をのばしてくる」（22・三二）に相違ないからである。

だが、王子も遠からずこうした問題・矛盾に気づくことになる。それは、二人が出会ってから五日目のことだった。

王子はとつぜん、黙々と問題を考えつづけたあげくに聞くんだという感じで、説明ぬきでぼくにたずねた。

「ヒツジはちいさな木を食べるとすると、花も食べるのかな？」（27・三七）

王子がこのような疑問を口にしたのは、自身の星に咲いていた、たった一輪の花を思い出したからである。それは王子にとって掛け替えのない花であり、弱きものの象徴でもあった（「お花はよわいんだよ」［28・三九］）。つまり、その花は王子そのものだったと言っても、過言ではないだろう。墜落した飛行機の修理に追われ、王子の問い掛けに真摯に向き合おうとしない語り手に、王子の怒りは爆発する。そして、そのとき王子の口から噴出した言葉はあまりに象徴的である。「まるで、おとなみたいな口のききかたをするんだね！」（28・四〇）。「小さなもの」の側に寄り添っていると思っていた相手が、突然「大きなもの・大人」の側に身を移したことへの激しい憤り。この言葉には、「小さなもの」から「大きなもの」への真摯なメッセージが込められている。あの、温厚でか弱い小さなヒツジが、さらに弱くて小さな花を食べてしまうという構図。王子はそうした事態を、的確にも、「ヒツジとお花のたたかい〔戦争〕」（la guerre）」（29・四一）と表現しているからだ。王子は、花のように小さな弱者の存在や立場を大切に思い、心の底から心配しているのだ。

「星は何百万とあるけれど、たったひとつのお花をだれかが好きになったとしたら、その人は、夜空に広がる星をながめるだけでしあわせな気持ちになるんだよ。『ぼくのお花が、あのどこかに咲いているんだ』

と思ってね。でもヒツジがお花を食べてしまったら、その人にとってはまるで星がぜんぶ、いきなり消えてしまうのと同じなんだよ！　それが大変なことじゃないっていうの？」（30・四二）

実は、語り手は墜落し故障した飛行機の修理に手間取るあまり、王子を怒らせるようなことを言ってしまったのだが、彼の心は常に「小さなもの・子どもたち」の方を向こうとしている。「きみの国のこどもたちがこのこと〈大きくなったバオバブは危険だということ〉をちゃんと頭に入れておけるように、がんばって立派な絵を描いてよ」（24・三二）と請う王子に応えるように、語り手は「こどもたち！　みんな、バオバブには気をつけるんだよ！」（24・三四）と訴えているからである。それは、ヒツジがお花を食べてしまうことを心配し、泣き出してしまった王子への対応に、さらに力強く現われている。

あたりは夜になっていた。ぼくは道具をほうり出した。ハンマーも、ボルトも、のどの渇きも、死の危険も、どうだってよくなった。ある星、というか惑星の上、つまりぼくの住んでいるこの地球上に、ちいさな王子がいて、その子をなぐさめてやらなければならない！　ぼくは王子を両腕で抱きしめた。体をゆすぶってあげた。そしていったんだ。「きみの好きなそのお花は、危ないことなんかないよ……。きみのヒツジに、口輪を描いてあげようね……。お花には囲いを描いてあげる……それから……」（30・四二）

既に大人の年齢にあると推測される語り手は、ともすると「小さなもの」たちの視点を忘れ、「大きなもの・大人」たちの側に近づいていることに気づかされる。そして、それは明らかに、想像力の減退と密接に関係しているだろう。「でも残念ながら、ぼくには箱のなかのヒツジを見てとる力はない。きっと、少しばかりおとなたちに似てきたのかもしれない。ぼくも年をとったんだ」（21・二八）。しかしながら、王子と出会い、バオバブの話に心を揺さぶられた語り手は、おそらく王子と別れた後も、この小さな存在が真剣に伝えようとした考えを決して忘れることはないだろう。語り手の口から発せられた「こどもたち！　みんな、バオバブには気をつけるんだよ！」というメッセージは「こどもたち」のみならず、「大きなもの・大人」たちにとっても大切であり、大人（語り手）はその大切なものを、他ならぬ、子ども（王子）から教わったからである。

【註】

（1）Antoine de Saint-Exupéry, *Le Petit Prince*, Editions Gallimard, 1946, p.10／サン＝テグジュペリ『ちいさな王子』野崎歓訳、光文社古典新訳文庫、二〇〇六年、八―九頁。以後、引用についてはこれら二つのテクストを参照し、本文においては（10・八―九）のような形式で引用頁を示すことにする。なお、野崎訳では“petit”は「ちいさな」、“les grandes personnes”は「おとな」、そして“les enfants”は「こども」とされているが、本文の引用以外の箇所においては、それぞれ「小さな」、「大人」、「子ども」という表記を用いることにした。また、その他の場合においても、本文と引用文の表記が多々異なることをお断りしておく。

3　王子がめぐった六つの星とその住人たち

王子は六つの星をめぐった後、地球にやって来る。自らの星（小惑星B612）を出発し、小惑星325、326、327、328、329、330あたりに来ていた王子は、その辺りで仕事をみつけ、知識を身につけるために、見知らぬ星を訪ねてみようと考えたのだ。それらの星にはどんな人たち（大人たち）が住み、どんな考え方を抱いて生きているのだろうか。その様子を簡単に振り返ってみることにしよう。

王様（un roi）の星

王子が最初に訪ねたのは、王様の住む星である。王様は現代的な登場人物ではないが、王子にとっては身近な存在だと言えるだろう。なにせ、王様と王子なのだ。二人はたぶん、同じような世界に生きてきたのであろう。そして、身を置く境遇も共通している。王子と同じように、この王様の周りには誰もいないのだ。一匹の「年寄りのネズミ」（41・六一）以外には。この「絶対君主」（37―38・五六）は、自分の「権力・力（pouvoir）」を維持する気持ちを今でも忘れていないが、決して相手に無理難題を強いるような暴君ではない（「とはいえ王様はとてもいい人だったから、むちゃな命令はしなかった」［38・五六］）。ただ、自分が周辺のすべての星を支配していると考えている。たぶん、年老いた今でも、周囲に存在する広大な世界を自分のものと信じているのだ。しかし、王様の星も王子の星と同じく、極々小さなものであることに変わりはない(「なんてちっぽけな星なんだ」[38・五六])。そうした小さなものの価値に気づこうとしない王様に、王子は次第に嫌気を覚え始める。王様は王子の心や言動も、周りの広大な世界に対するのと同じ原則で支配しようとするからだ。王様はまた、「だれかの王様になれて、〔……〕鼻高々」(37・五五)というわけだ。王子を是非とも自分の星に引き留めようとする王様は、同じ星にたった一匹しかいない、王子からすればたぶん掛け替えのない存在と思える年寄りネズミを裁判にかけ、その生命を自由にしてもよいと提案する。「もったいないから、恩赦《おんしゃ》にしてやるのじゃ。一匹しかおらんのだからな」(41・六一)という殊勝な譲歩を口にしながらだが。しかし、この王様の言葉が王子との別れを決定的にする。王様は周囲にある無数の星々に熱意を示しながら、自分と同じ小さな星にいる一匹の年寄りネズミの生命を、王子を自分のもとに留め置くための取引材料にしたからだ。「ぼく、死刑にするのなんていやです。それにもう、行かなくちゃ」(41・六二)。こうして王子は、次の星を目指して出発する。大人との心の懸隔を、しみじみと感じながら(「おとなってほんとに変わってるなあ」[41・六二])。

うぬぼれ屋(un vaniteux)の星

二番目の星は「うぬぼれ屋」の住む星である。彼は、他人がすべて自分のファンだと思い込んでいる。周りには人っ子一人いないのに、決して出会うことのない多くの人たちも含め、人は皆、彼のファンであり、彼に拍手してくれると、当然のように考えているのだ。王子は一瞬、「これは王様のところよりもおもしろいぞ」(42・六四)と思う。しかし、すぐにそうした考えを撤回する。「同じことのくりかえしにくたびれて」(43・六四)しまうからである。「うぬぼれ屋」が王子に要求するのは、自分の大いなるファンであること(「きみはほんとうに、おれの大ファンなのか?」[43・六五])、そして、自分が何でも一番だと、際限なく誉めそやし続けること(「おれがこの星でいちばんハンサムで、りっぱな服を着ていて、金持ちで、頭がいいとみとめるってこと」[44・六五])なのだ。ここにもまた、自分に大きなもの・たくさんのもの・最上級のものを引き寄せるために、(どこにも見当たらない)多くの者たちに繰り返し称賛の言葉を要求し、自分が常に一番であることを承認させようとする大人の姿がある。王子には、この男の気持ちがまったく理解できない(「でもどうしてそんなことに、こだわるの?」[44・六五])。王子は王様に感じたのと同じ印象を抱いたまま(「まったくもう、おとなって、ほんとに変わってるなあ」[44・六五])、この二番目の星をすぐさま後にすることになる。

のんべえ(un buveur) の星

この星での滞在については、僅か二〇行（原文）しか書かれていない。何故だろうか。それはたぶん、これまた唯一の住人である「のんべえ」が、子どもの王子とは最も縁遠い、かけ離れた存在（大人）の一人だからだろう。「おじさん、なにしてるの？」（44・六六）と尋ねた王子に対し、相手は「酒をのんでるのさ」（44・六七）と暗い顔で答える。王子には、そもそも酒を飲むという行為自体がうまく理解できない（「どうしてのむの？」［44・六七］）。一般的に考えるなら、アルコール摂取は大人（成人）の世界でのみ許される、子どもとは無縁の行ないである。酒を口にする行為は、大人の領域と子どもの領域を分かつ境界線のようなものなのだ。王子に飲酒の理由を問われた相手は、「恥ずかしさを忘れるためさ」（45・六七）と白状し、何が恥ずかしいのかと聞かれると、「酒をのむことがさ！」（45・六七）と答える。この最後の答えを聞いたとき、相手を気の毒に思い、力になってあげたいと考えていた王子は、ただただ困惑するしかない。「うぬぼれ屋」の場合とは性質が異なるものの、「のんべえ」もまた、酒を飲み、酒を飲んだことの恥ずかしさを忘れるためにまた酒を飲む、という反復的な無間地獄のような状況に身を落している。大人の世界ならではの出来事だ。ここにもまた、王子の居場所は見つからない。「まったくもう、おとなって、ほんとにほんとに変わってるなあ」（45・六七）と、いつものように呟くと、王子は速やかにこの星を立ち去る。

ビジネスマン(un businessman）の星

王子が次に行き着くのはビジネスマンの星だ。ビジネスマンは、王子が到着しても顔さえ上げず、ひたすら何かに打ち込んでいる。

「三たす二は五。五たす七は十二。十二たす三は十五。こんにちは。十五たす七は二十二。二十二たす六は二十八。〔……〕二十六たす五は三十一。ふうっ！　しめて五億百六十二万二千七百三十一なり」（45・六八）

数字の計算、それも加算・積算、つまり足し算だ。放っておくと、数は間違いなくどこまでも膨れ上がっていくだろう。今ビジネスマンが数え上げたばかりの、五億百六十二万二千七百三十一というのも、かなり大した数字である。小さなものに寄り添って生きてきた、小さな星の小さな王子には、眼前で展開されるビジネスマンの行為が、どうもよく理解できない。何より理解できないのは、大きな数が示すものと、その意味だ。ビジネスマンが数えていたのは、ときどき空に小さく見える星のことだと分かるが、王子には何故それが大切であるかが分からない。考えてみれば、五億というのは、子どもにはほぼ無縁な、膨大な数と言えるかもしれない。それはまさに、大人のビジネスマンがビジネスの中で遭遇し、処理する類の数字だからだ。

思い起こしてみれば、大人と(大きな)数の相性のよさは、王子のみならず、語り手によっても既に指摘されていた。子どもが大人たちに、新しい友だちのことを話すと、彼らは決まって、その友だちの属性を「数値」に還元し、年齢、兄弟姉妹数、体重、父親の年収、住んでいる家の価格などを聞き出そうとするからだ。したがって、「大人は数字が好きだからね」(19・二四)、「でももちろん、人生ってものがわかっているぼくらにとっては、数字なんてどうだっていい!」(20・二六)という(既に大人の域にいる)語り手の言葉には、彼と王子を必然的・運命的に結びつける基本精神のようなものが、最初から根づいているように思われる。彼らは基本的に、大きな数やものに価値を見出さないのだ。

それに対し、このビジネスマン(大人)は、ひたすら多くの星を「所有」し、お金持ちになろうとする。つまり、莫大な財を成そうとするのだ。王子はここで、「このおじさん〔ビジネスマン〕の理屈は、この前に会ったのんべえみたいだな」（48・七二）と独り言《ご》ちる。これは、いったいどういう意味だろうか。のんべえとビジネスマンはどこが同じなのだろうか。それはたぶん、こういうことだろう。先にも触れたように、酒を飲み出したのんべえは、飲んでいるうちに飲んでいる自分のことが恥ずかしくなる。そこでまた、その恥ずかしさを忘れるために酒を飲む。そして飲んでいる自分のことが恥ずかしくなる……。永遠にこの繰り返しだ。こうして、のんべえは膨大な量の酒を飲み続けることになるだろう。星を数えるビジネスマンがしているのも、本質においては、それとたぶん同じことである。ビジネスマンは、王子の言うように、「だれのものでもない」（48・七二）星を休みなく数えることで、それらを際限なく所有することができると信じ込んでいる。つまり、のんべえ、ビジネスマン、そして二番目の星のうぬぼれ屋――が共通に囚われているのは、加算・積算という決して断ち切ることのできない無限ループのようなものなのだ。

こうした加算・積算の生き方に没頭する自分を規定するときに、よくビジネスマンが口にするのが“sérieux”という形容詞だ。この形容詞は普通、「まじめな」、「信用できる」、「入念な」といったプラスの価値を表現する。だが、彼が例えば、「五億百六十二万二千七百三十一。まじめだからな、わたしは。数字にはうるさい」（47・七〇）、あるいは「管理するよ。星の数をかぞえたり、またかぞえなおしたり、むずかしいんだぞ。でもまじめだからな、わたしは！」（48・七三）と言うとき、この“sérieux”という形容詞はプラスの価値から離れ、マイナスの価値を帯び始めるのではないだろうか。形容詞“sérieux”には、優勢的なプラスの価値だけではなく、「深刻な」、「由々しい」、「憂慮すべき」などのマイナス価値が同時に付随しているからである。ビジネスマンと対話していた王子も、既にそのことに気づいている（「ちいさな王子はまだ納得がいかなかった」［48・七三］、「でも、まじめな話とは思えないなあ」［48・七四］）。つまり、王子は、この「まじめな」大人の主張を、深刻で憂慮すべきものと的確に見定めているのだ。王子の考える「まじめな」生き方は、大人の考えるそれとは、いわば百八十度かけ離れたところに位置している。

ちいさな王子は、なにがまじめなことかについては、おとなたちとずいぶんちがう考えをもっていた。
「ぼくはお花を一つ『所有』している。そのお花に毎日水をやっている。火山を三つ『所有』していて、毎週、すす払いしている。消えている火山だって、すす払いしてるんだ。先のことはわからないからね。だから、僕が『所有』してるってことは、火山や、お花の役に立ってるんだよ。でもおじさんは、星の役に立っていないじゃないか」（49・七四）

「小さなもの」、「ささやかなもの」に寄り添う王子には、加算・積算的な世界に価値を見出そうとする大人の仕草がどうしても理解できない。一言も反論できないでいるビジネスマンを見た瞬間、王子はこの星を離れようと速やかに決意する。「まったくもう、おとなってとんでもなく変わってるなあ」（49・七四）という、いつもと同じ感慨を抱きながら。

点灯係（un allumeur de réverbères）の星

五番目の星は、街灯を一分おきにつけたり消したりする作業を果てしなく続ける、点灯係の住む星だ。彼はどうやら、誰かに命じられてこの仕事を遂行しているらしい。命じているのが誰であるかは定かではない。断ることのできない「命令」となれば、それはたぶん、どこかにいる王様のような権力者が発したものだろう。だが、彼の星には「家もなければ〔他の〕住人もいない」（49・七五）。住人は彼一人なのだ。星がどんどん回転速度を増しているため、彼の受けた命令は益々過酷なものとなる。それでも彼は、命令に背くことができない。この点灯係もまた、ある種の「無限ループ」に飲み込まれているのだ。王子にすれば、彼もまた、理解不能な人ということになるだろう。実際、王子は一瞬、「きっとこの人、わけのわからない人なんだろうな」（49・七五）と考える。だがすぐに、この点灯係には、これまで出会ってきた星の住人たちにはない、優れた資質があることに気づく。

ちいさな王子は彼の顔を見た。命令を守ろうとこんなに一生懸命やっている点灯係のことが、王子は好きになった。〔……〕この友だちを助けてあげたくなった。（52・七七—七八）

点灯係は、王子が自分の星を後にしてから、初めて「友だち」という言葉で言い表した大人である。何故、王子は点灯係が気に入ったのか。それは、己の権威・評価・欲望・財産の多寡しか頭にない大人たちとは違い、点灯係の不条理とも思える行動には「他者」への志向性が滲み出ていたからでる。

あの人は、ほかのみんなに馬鹿にされるんだろうな。王様にも、うぬぼれ屋にも、のんべえにも、ビジネスマンにも。でもぼくには、あの人だけはこっけいに思えなかった。それはきっと、あの人が自分以外のもののことを気にかけていたからなんだ（52・八〇）

王子の好きになった大人の住む星が、「ほかのどの星よりもちいさかった」（49・七五）のは、おそらく偶然ではないだろう。王子の愛情と感性は常に

「小さなもの」に向けられ、それに寄り添っているからだ。もしできることなら、王子はこの友だちと、この小さな星で暮らしたいと思ったかもしれない（「ぼくが友だちになれた、たったひとりの人だった。でもあの星はとってもちいさすぎて、二人分の場所はなかったなあ……」［53・八〇］）。だから、この素晴らしい星を離れるときの王子には、「おとなって、変わってるなあ」といった感慨は少しもない。王子は、物理的な理由から、やむなく別れを決意するのだ。王子がこの星を離れたくないと思った理由は、語り手によって最後に明確に吐露されている。

自分では認めたくなかったけれど、ちいさな王子があの星をなごり惜しく思うのには、もっとわけがあった。それはあそこが、夕日を二十四時間に千四百四十回も見られる、恵まれた星だったからなんだよ！（53・八〇）

ここに記される、王子にはそぐわないとも思われる「千四百四十回」という比較的大きな数は、大人たちの加算・積算の場に現われる数とは、まったく逆のものを指向している。それは回数の多さを示すというよりも、むしろ、点灯係の住む「恵まれた星」の「小ささ」を際立たせているのだ。

地理学者(géographe)の星

王子が地球に向かう前、最後に訪れるのは地理学者の住む星である。この星が、王子がそれまで経て来た星々よりかなり大きいことは、地理学者との出会いが不首尾に終わることを、既に最初から読者に予感させてくれる。地理学者もまた、「大きな」属性や特質に取り巻かれている。「六番目の星は前の星の十倍も広かった(vaste)。住んでいるのは年寄りの(vieux)先生で、おおきな(énormes)本を何冊も書いていた」(53・八一)。地理学者は広い星で、大部の本を執筆する、高齢の大人なのだ。「どこからきたのかね?」(53・八一)と尋ねる地理学者を無視するように王子が口にするのは、「このおおきな(gros)本、なんの本ですか?」(53・八二)という疑問である。地理学者は海、川、町、山、砂漠など、広大な対象に関する情報を調べ、それを取りまとめて大きな本にしているのだが、一つ一つの細部の対象がどんなものであるかについては何一つ感知していない。彼の念頭にあるのは、できるだけ多くの探検家を使って(「まったくもって、探検家が不足しとるのさ」[54・八三])、できるだけ多くの情報を蓄積すること、ただそれだけなのだ。王子には彼のそうした仕事がまるで理解できない。だが、相手はそれを重大な価値をもつものとして譲らない。ここにもまた、「小さな」具体的なものに愛情を注ぎ、寄り添おうとする王子と、大きなものだけを対象に、それを情報という大量の非具体的な概念として処理しようとする大人(地理学者)との対照が見て取れる。そして、付け加えるなら、こうした地理学者の営為は、「小さなもの(子ども)」とは無縁な社会的「権威」によって維持されている。「地理学者というのはとてもえらいから、そんなふうにうろつくわけにはいかん」(55・八三)。地理学者の視点は常に大きくて堅固なものの側にある。王子の視点はまったく逆だ。それは先ず、自分の星について聞かれたときの王子の返答に明瞭に示されている。

「ええっと。ぼくの星は、そんなにおもしろい星じゃありません。とってもちいさいんです。火山が三つあります。そのうち二つが活火山で、もう一つは休火山です。でも先のことはわかりませんから」(56・八五)

次いで、互いに呼応するような形で発せられた「先のことはわからない」という言葉は、話題を一本の花、そして「はかない(éphémère)」という形容詞へと導いていく。

「先のことはわからんからな」と地理学者がいった。
「それから、お花もあります(J'ai aussi une fleur)」
「花はいい、わしらは花(les fleurs)など記録せんから」

「どうして！　とってもきれいなのに！」

「花ははかないものだからな」

「はかないものって、どういう意味？」（56・八五）

花を王子が単数形、地理学者が複数形で表現していることも重要だが、ここで何より大切なのは、「はかない」という形容詞に委ねられる価値の違いであろう。王子がこの形容詞の意味に再三こだわるのもそのためである（「でも、はかないものっていうのは、どういう意味？」［56・八六］）。強固で壮大なものを相手にする地理学者には、束の間咲いて、すぐに枯れ果ててしまう花など何の価値もない。だが、王子は「もうじき消えてなくなる」（56・八六）というこの形容詞の意味を理解した瞬間、気づくのだ。ひとりぼっちで星に残され、もうじき消えてなくなるあの一本の「はかない」存在が、自分にとってどれほど掛け替えのないものだったのか、ということに。この時から、一本のお花（une fleur）は、「ぼくのお花（Ma fleur）」（56・八六）として、王子の心に深く刻み込まれることになるだろう。


（ぼくのお花、はかないものなんだ）とちいさな王子はつぶやいた。

（しかも世界から身を守るために、四本のとげしか身につけてない！

それなのにぼく、ひとりぼっちで星に残してきてしまったんだ！）

そのとき王子は初めて、後悔の気持ちがわいてきた。（56―57・八六―八七）

まるで正反対のような志向性を有する二人だが、この反面教師的な地理学者のお蔭で、王子は自分にとって最も大切なものを再確認したに違いない。気を取り直した王子は、地理学者の勧めに応じ、ついに地球に向かって旅立つことになる。「自分の花（sa fleur）のことを考えながら……」（57・八七）

4　『星の王子さま』とはどんな作品なのか

『星の王子さま』というメルヘンティックなタイトルで邦訳され、長い間たくさんの読者を引きつけてきたこの作品は、いったい誰に宛てられた物語、どんなジャンルのテクストとして読まれ、評価されてきたのだろうか。そんなことは自明ではないかと考える人も、たぶん少なくはないだろう。それは多くの場合、「子どもたち」に向かって書かれた「童話」あるいは「児童文学」の類として捉えられ、理解されてきたのだ。だが、改めて考えるまでもなく、この作品に登場する「子ども」は、たぶん王子ひとりだけだ。確かに、「子ども(たち)」という言葉は何度か登場する。だが、それはほぼすべての場合、「大人(たち)」の対極にある存在を示す、肉体を持たない「記号」のようなものとして使用されているに過ぎない。確かに、王子と登場人物(「線路のポイント係」[74・一一三])との対話のなかには、「子どもたち」が登場する箇所もある。通り過ぎる特急列車に乗っている乗客たちの仕草を描き出す場面である。

「なんにも追いかけてなどいないさ。あのなかで眠ってるか、あくびをしてるかだ。こどもたちだけは、窓に顔をくっつけて外を見てるけどな」(75・一一五)

しかしながら、ここに姿が垣間見える「子どもたち」は王子と現実に接触し、交流するわけではない。それはここでもまた、「大人」と「子ども」の埋め難い懸隔を強調する「記号・指標」のようなものとして機能していると考えてよい。

「なにをさがしてるのか、こどもだけはわかってるんだ。こどもは、ぼろきれで作った人形と時間をかけて遊ぶでしょ、そうするとぬいぐるみはとても大事なものになる。で、それを取りあげられたら、こどもは泣いちゃうんだ……」

「こどもがうらやましいなあ」とポイント係はいった。(75・一一五)

この作品が「童話」や「児童文学」として受容され、評価されてきた大きな理由の一つとしては、テクスト冒頭に掲げられた親友、レオン・ヴェルト(一八七八―一九五五年)への「献辞」の存在が考えられるかもしれない。原文で僅か十六行ほどのこの「献辞」の中には、「子ども(enfant/enfants)」という語が四度も現われるだけでなく、「こどものための本(les livres pour enfants)」という明確な表現が確認できるからである。問題の「献辞」を引用してみよう。

レオン・ヴェルトに

この本をおとなに捧げてしまったことを、こどもたちにあやまらなければならない。それには重大なわけがある。つまり、そのおとなはぼくにとってこの世でいちばんの親友なんだ。それから、もう一つの理由。そのおとなは何でもわかる人で、こどものための本だってわかるのさ。三つ目の理由。そのおとなはフランスにいて、いま飢えと寒さに苦しんでいる。とてもなぐさめを必要としているんだ。

これだけの理由でもまだだめなら、そのおとなも昔はこどもだったのだから、この本をそのこどもに捧げることにしよう。どんなおとなだって、最初はこどもだった（それを覚えているおとなは、ほとんどいないけれど）。だから、捧げることばを次のように書き直すとしよう——

ちいさな男の子だったころの
レオン・ヴェルトに（7・五）

十分に注意しておくべきことと思われるが、この「献辞」には頻出する「子ども・こども」という語以上に、「大人・おとな（grande personne/grandes personnes）」という表現の方が数多く使用されている（六回）。つまり、内容的には子どもの側に寄り添うかに見えるこの文章も、形式的・表面的に捉えるなら、大人の側に軸足を置いていると読むことが可能なのだ。最初に「レオン・ヴェルトに」と記された「献辞」を、最後には「ちいさな男の子だったころのレオン・ヴェルトに」と「書き直す」ことが宣言されているが、それによって、(大人である)「レオン・ヴェルトに」という最初の表現が修正されるわけでも、消し去られるわけでもない。つまり、「レオン・ヴェルトに」という冒頭の確固とした表現は、書き直すと宣言された後もなお、文面から削除されることなく、この「献辞」の基調をリードするものとして存在し続けることになる。

しかしながら、それによって、「子ども」に担わされたプラス価値が下がるわけではない。それは、常に「子ども」と連動的に使用される「分かる・理解する(comprendre)」、「知る(connaître)」、あるいは「知っている(savoir)」——名詞の "savoir" は、「学識・知」を意味する——という動詞の使用法にも明確に表われている。普通に考えるなら、「知」の側、「分かる」側にあるのは「子ども」ではなく、「大人」であろう。だが、この作品ではそれが完全に逆転している。「知」、「分かる」をリードしているのは「大人」ではなく、「子ども」なのだ。

そこで今度はボアの内側を描いてみることにした。おとなにもわかる(comprendre)ようにね。(10・八)

おとなたちは自分ひとりでは決して、なんにもわからない（ne comprennent jamais rien）。（10・九）

それでやっと、〔おとなたちは〕その子を知ったつもりになる（croient le connaître）。（19・二五）

でももちろん、人生ってものがわかっている（comprenons）ぼくら〔こどもたち〕にとっては、数字なんてどうだっていい！〔……〕人生がわかっている（comprennent）人たち〔こどもたち〕にとっては、そのほうがずっと本当らしく思えただろう。（20・二六）

「なにをさがしてるのか、こどもだけはわかってるんだ（savent）。〔……〕」（75・一一五）

「ううん、大丈夫だよ！　こどもにはちゃんとわかるさ（savent）」（82・一二七）

そして、作品を閉じる最後の一文。

そして、それがそんなに大事なことだとは、どんなおとなにも決してわかりはしないのさ（ne comprendra jamais）！（93・一四七）

だが、この「献辞」においては、「分かる（comprendre）」という動詞が「大人」であるレオン・ヴェルトを主語に用いられている。作中では一貫して「子ども」の側に位置づけられている動詞が、ここでは「大人」の能力を信頼し、それを保証するものとして使用されているのだ。「それから、もう一つの理由。そのおとな〔レオン・ヴェルト〕は何でもわかる（tout comprendre）人で、こどものための本だってわかるのさ」。ここには、「子ども」が考える「大人」側の世界から完全に解き放たれ、「子ども」の領域に身を移されたヴェルトがいる。つまり、ヴェルトは「大人」であると同時に、「子ども」の感性を完璧に内包する存在——「子ども」の世界に通暁する人、あるいは「子ども」そのもの、と言ってよいかもしれない——としてイメージされ、受け止められているのだ。それが、「ちいさな男の子だったころのレオン・ヴェルトに」という「献辞」の末尾に託されたメッセージであろう。

では、この「献辞」は誰に宛てられているのか。その発信者、そして受信者は、いったい誰なのか。作者サン゠テグジュペリは、相容れない二種類の発信者・受信者を共在させる形で、「子ども」対「大人」という二項対立的な図式を揺動化しているように見える。「献辞」を書いているのは無論サン＝テグジュペリである。つまり、「献辞」の発信者は作家サン＝テグジュペリである。だが、レオン・ヴェルトが「何でも分かる人」であることが分かっているこの作家は、自らを「ちゃんとわかる」子ども（小さき者）の側に据えている。作者サン＝テグジュペリは確実に「大人」でありながら、「子ども」の領分にも足を置いているのだ。

同じことは、砂漠に墜落した飛行機乗りの語り手についても言えるだろう。この物語の貴重なメッセージを伝えているのは、他ならぬこの語り手だからである。語り手もまた、「大人」と同時に「子ども」の精神を付与されている。それは、作者によってというよりも、王子によって示唆されている。王子と一輪の花について話しているとき、飛行機の修理に夢中な語り手は、その用事にかまけて王子にいい加減な返答をしてしまうが、それに対する王子の反応に、語り手の両面価値的な立場が明瞭に示されている。そのとき、王子は語り手に向かって、「まるで、おとなみたいな口のききかたをするんだね！」（28・四〇）と言い放つからである。まるで、語り手が「大人」ではなく、「子ども」であるかのように。王子と出会ったときの語り手が何歳だったのかは定かではない。だが、飛行機を操縦する以上、王子のような年齢の「子ども」でなかったことだけは確かだろう。それは、王子に描いてあげた「箱のなかのヒツジ」が目に浮かばなかったときの、彼の述懐にもよく現われている。「ぼくには箱のなかのヒツジを見てとる力はない。きっと、少しばかりおとなたちに似てきたのかもしれない。ぼくも年をとったんだ」(21・二八)。語り手のこの言葉から類推できるのは、彼が「子ども」と「大人」の境界的な領域に自身を位置づけているということである。そう、彼は「大人」であると同時に「子ども」なのだ。まさに、あのレオン・ヴェルトのように、そして間違いなく作者サン＝テグジュペリのように。

では、「献辞」の受信者は誰なのか。それは既に明らかだろう。「献辞」の発信者が「大人」と「子ども」の領分に同時に身を置く存在であるように、受信者もまた「大人」であり、「子ども」なのだ。より正確に言うなら、この「献辞」そして物語は、幼い「子ども」である王子と、そうした子どもの精神を今なお忘れずに留めている「大人」(サン＝テグジュペリおよび、その分身的な語り手)から、地球の住人に向かって投げ与えられた渾身のメッセージと考えてよいだろう。当然、受信者として想定される大半の人たちは、人生がちゃんと分かっている「子ども」たちではなく、大半が「大人」たちということになるだろうが。

しかし、この物語の受信者が「大人」たちだけではないということは、語り手が「子ども」たちに対して発する「こどもたち！　みんな、バオバブには気をつけるんだよ！」」（24・三四）という訴えによく現われている。「子ども」たちを特定の受信者とする、おそらく唯一のメッセージと言えるだろう。この時の語り手は、既に「大人」の領域にいると考えて間違いない。王子と出会い、別れてから、既に六年の歳月が経過しているのだから。

　この物語には欠けているものが幾つかある。その一つは複数の人間によって為される対話である。話は決まって、二人、それも二人の男性（王子と一人の男性の「大人」）の間で交わされる。王子の話し相手として登場するのは、常に一人の男性の「大人」であり、その場に「子ども」（たち）が介入することはない。子どもは人生について何でも分かっているのだから、わざわざ王子の話に加わり、耳を傾けることはない、ということかもしれない。つまり、大切なメッセージを伝えるのは、王子という「子ども」一人で十分だということだ。すると、王子――そして、語り手（およびサン＝テグジュペリ）――が発信しているメッセージの受信者は、男性の「大人（たち）」ということになるだろう。「物語論（narratologie）」の概念に“narrataire《ナラテール》”、つまり、「語り手が語りかけている作品内の相手」という概念があるが、この作品の場合、“narrataire”は概ね「男性の大人」たちと重ね合わされることになる。

　こうした年齢とジェンダーの内的偏差は、この作品がこれまで背負わされてきたメルヘンティックなイメージを根底から揺るがすことになるかもしれない。『星の王子さま』という可愛らしいタイトルで受容され、多くの読者を引きつけてきたこのテクストは、これまで想定されてきたような「童話」や「児童文学」などではなく、実は「男性の大人」たちを狙いにした、悲壮感漂う、高度に戦略的な作品であることが見えてくるからである。それはたぶん「寓話」、それも主として「大人」たちをターゲットにした「寓話」と見なしてよいだろう。メッセージ発信の中心に位置する唯一の「子ども」である王子を別にすれば、登場するのが「大人」たちばかりなのは、おそらくそのためである。王子が繰り返し指摘するように、「大人」には理解力がない。だから、何についても、「子ども」である王子が彼らに説明しなくてはならないのだ。

このように、本作品は知性的にも感性的にも、「子ども」を「大人」より常に上位に位置づけている。その揺るがない姿勢は、通常の人生観に照らして見るなら、かなり突飛と言っても過言ではないだろう。無論、王子がすべて完璧だというわけではない。自分の星を離れる前、王子は後にその大切さを理解し、強く思い起こすことになる花から「あなただって、わたしに負けないくらいお馬鹿さんだったのよ」(36・五二)と宣告されているし、自分に十分な理解力がなかったことを、その後反省することになるからである(「でもぼくはまだちいさすぎて(trop jeune)、どうやってお花を愛したらいいかわからなかったんだ」[33・四九])。王子が自分の若さ、「小ささ」を悔いる、ほとんど唯一の瞬間である。

とはいえ、この作品が「小さな」者（王子）から「大きなもの」や「大人」たちに宛てられた批判的メッセージとして書かれていることは間違いないだろう。たとえ王子の側に些かの非はあるとしても、この作品が「大人たち」を“narrataires”にした批判・告発のテクストであることに変わりはないのだ。つまり、「子ども」向けに書かれたメルヘンティックな「童話」あるいは「児童文学」として読まれることの多かったこの作品は、今や視点を新たに、「小さなもの」から「大きなもの」に投じられた警告の「寓話」として読み直されなければならない。小さな王子の物語は、断じて「子ども」向けの「童話」や「児童文学」の枠に収まるものではないのである。

実際、地球の場合も含め、訪ねる星々で王子が出会い、話を交わすのは、すべて「大人」たちである。そして、そのとき話題になるのは、「子ども」には理解できない「大人」たちの奇妙な思考や行動なのだ。加えて、「献辞」の相手であるヴェルトは、確かに「ちいさな男の子だったころのレオン・ヴェルト」と言い換えられているが、そのとき「フランスにいて、〔……〕飢えと寒さに苦しんでいる」ヴェルトは「子ども」ではなく、戦争の最中でユダヤ人として迫害に苦しむ一人の「大人」なのだ。したがって、この物語の中で王子が提起し、問いかけているのは、「子ども」の領域の外側で行なわれてきた——そして、今なお行なわれつつある——「大人」たちの不条理な行動と考えてよいだろう。

歴史上の名作とされる小説作品が、「童話」や「児童文学」として扱われたり、「子ども」向けのヴァージョンに翻案されることは、これまでにも多々あったし、おそらく現在でも少なからずあるだろう。古典的な例を挙げるなら、ダニエル・デフォー（Daniel Defoe, 一六六〇－一七三一）の『ロビンソン・クルーソー〔*Robinson Crusoe*〕』（一七一九年）や、ジョナサン・スウィフト（Jonathan Swift、一六六七－一七四五）の『ガリヴァー旅行記〔*Gulliver's Travels*〕』（初版、一七二六年）などがすぐに思い起こされる。無論、そうした読み方や翻案がすべて悪いということではない。だがその一方で、一抹の違和感を拭い去れないのもまた確かである。こうした作品を「児童文学」という狭い枠組みに落とし込むことで、その深遠な意味や価値が失われ、その根底に潜む様々なコンテクストや思想が矮小化される可能性があると思えるからである。こうした問題が真正面から提起されることは、これまであまりなかったように見えるが、イギリスの学者・批評家ジャクリーン・ローズのピーター・パン論は、まさにそれを実践している。ジェームズ・マシュー・バリー（James Matthew Barrie、一八六〇－一九三七）が発表した『ピーター・パンとウェンディ〔*Peter and Wendy*〕』（一九一一年）などの「ピーター・パンもの」を精密に読み解いたローズは、『ピーター・パンの場合』と題された書物で、それらの物語が「児童文学」という狭い枠組みに収まらないことを鋭敏に主張している。それは著書の副題“Impossibility of Children's Fiction”に明確に表われている。[1] 従来、「児童文学」として読まれる傾向の強かったテクストが、その後精読に付されることで、そうしたジャンルから明らかに逸脱していることが判明する。さらに言えば、純粋な「児童文学」などそもそも存在するのか、といった大問題が提起される。長い間、『星の王子さま』という邦題で読まれてきたテクストも、『ピーター・パン』の場合と同種の問題を抱えてはいないだろうか。『小さな王子の物語は、「子ども」向けに特定されたものではない。それは、かつては「子ども」だったが、今は「大人」になりつつある者たち、そして現在既に「大人」である者たちに、「小さな王子」から引き渡された渾身のメッセージと言ってよいだろう。

【註】

（1）Jacqueline Rose, *The Case of Peter Pan, or, The Impossibility of Children's Fiction*, Macmillan, 1984. 邦訳は、ジャクリーン・ローズ『ピーター・パンの場合——児童文学などありえない？』鈴木晶訳、新曜社、二〇〇九年

5　作品に立ち籠める「戦争」の影

本書においては、*Le Petit Prince*というテクストを内在的批評方法——すなわち、歴史的・社会的なコンテクストを可能な限り排除し、テクストそのものを読むという姿勢——に寄り添いながら分析を進めるという立場を基本的に採用しているが、ここではそうした方法から瞬時身を引き、このテクストの内実をより深く探るため、敢えて外在的批評方法に訴えることにしよう。というのも、サン゠テグジュペリが生きた時代はまさに「戦争」の時代であり、その生々しい時代体験がこの作家に及ぼした影響は極めて深刻だったからである。彼は一九〇〇年六月二九日に生まれ、一九四四年七月三一日に没したが、少年期以降、亡くなるまで、彼の人生には二つの大きな「戦争」が酷薄にその影を刻みつけている。言うまでもなく、「第一次世界大戦」（一九一四年七月—一九一八年十一月）と「第二次世界大戦」（一九三九年九月—一九四五年九月）である。一二歳のとき初めて飛行機に搭乗させてもらい、青年期以降ほぼ飛行機パイロットだったサン゠テグジュペリが生命を落としたのは、ご存知のように、第二次世界大戦の最中、戦争が終結する一年ほど前のことである。因みに*Le Petit Prince*のフランス語版・英語版が最初アメリカで刊行されたのは死の直前の一九四三年、そして、フランスでの刊行は作者死亡後の一九四六年だった。偶然ながら、この作品は「戦争」が凄烈さを極めつつある中、自らの「死」の直前に構想され、辛くも出版されることになったのだ。

サン＝テグジュペリの人生は、「飛行機」と非常に関わりの深いものであった。トラブルも何度か経験している。一九二七年の砂漠への不時着。そして、ヴェルトと知り合った一九三五年には、購入したばかりの自機でパリ–サイゴン間の夜間飛行スピード記録に挑戦し、リビア砂漠に墜落。機体は大破した。この時の経験が、語り手の乗る飛行機がサハラ砂漠に墜落するエピソードに反映されていることは、ほぼ間違いないだろう。事故はその後も続く。一九三八年には、購入した二機目の飛行機がグアテマラで離陸に失敗。生命の危険に関わる重篤な負傷を負う。そして、運命の一九四四年七月三一日。ロッキードF–5Bライトニング機を操縦し偵察に出た彼は、そのまま永遠に帰還することはなかった。その後、身につけていたと思われるブレスレットが、フランスのマルセイユ沖でトロール船の網に捕えられ（一九九八年）、次いでF–5Bの残骸が、同じマルセイユ沖の海底で発見される（二〇〇三年）。墜落原因はいまだ特定されていないが、第二次世界大戦が依然続いていたこと、33–2偵察部隊、つまりフランス軍傘下の職務を遂行中だったことなどを考えると、原因は単なる機体事故ではなく、敵側の砲弾による撃墜の可能性も十分に考えられるだろう。

サン＝テグジュペリは、母国フランスの降伏（一九四〇年）など、第二次世界大戦の影響により、アメリカに移住することになった（一九四〇–一九四三年）。そして、そんな中で執筆・刊行されたのが*Le Petit Prince*（一九四三年）

である。しかし、その前年に刊行された『戦う操縦士〔*Pilote de Guerre*〕』は、フランスで発禁処分の憂き目に出会っていた。想像するまでもない。その内容・思想が、ナチス・ドイツの逆鱗に痛く触れたためであろう。*Le Petit Prince*のフランスでの刊行が、戦争の終結する一九四六年まで持ち越されたのも、おそらく同種の事情によると考えられる。ナチス・ドイツの非道な暴力を意識していた彼の作品は、まさに第二次世界大戦という非情な体験を通して構想され、執筆されたのだ。

死と絶えず隣り合わせであるにもかかわらず、サン＝テグジュペリが飛行機の操縦を好み、パイロットという職業に誇りを感じていたことは疑いないだろう。だが、彼の分身と言ってもよい語り手は、はたしてどうだろうか。絵心がある点では、作者のサン＝テグジュペリも語り手も同じだが、結局は両者とも飛行機パイロットという道を選んでいる。語り手はボアとゾウの絵を描く冒頭場面で、自分が画家ではなく、パイロットになった経緯を説明している。そして、そこでもまた、「大きなもの」（「大人」）と「小さなもの」（「子ども」）という、この作品に通底する対立が大きな役割を演じている。

するとおとなたちにいわれてしまった。内側だろうが外側だろうが、ボアの絵なんかやめて、それよりも地理や歴史、算数や文法のことを考

えなさいってね。というわけでぼくは六歳にして、本当になれたはずの大画家の道をあきらめた。〔……〕

そこでぼくは別の仕事を選ばなければならなくなり、飛行機の操縦を覚えた。（10・九）

このように、語り手は「大人」たちの態度や意見に半ば強いられるような形で、自らの職業を選択しているのだ。

王子の「飛行機」に対する態度には、明らかに否定的な姿勢が感じられる。墜落した飛行機の修理に夢中で、王子の話しかけに真面目に応じようとしない語り手に対し、王子は苛立ちを露にする。それは、王子が弱い花たちのことを滔々と訴えかける場面だ。そうした悲痛な訴えに対し、語り手のパイロットは「なにしろいまは、大事な用（de choses sérieuses）があるんだから」（28・三九）と答え、真剣に取り合おうとはしない。四番目に訪れた星で、大きな数字の計算に我を忘れて没頭するビジネスマンが、自分の行動を正当化するため繰り返し口にした、あの「まじめな（sérieux）」という形容詞のことを思い出した王子は、その時の気持ちを語り手に向かって素直に吐き出している。先にも述べたように、この形容詞の意味については、王子と「大人」たちの間には容易に埋め合わすことのできない隔たりが存在するのだ。

「ぼく、赤ら顔さんというおじさんが住んでる星を知ってるんだ。花の匂いなんか一度もかいだことがないおじさんなんだよ。星だって見たことがない。だれのことも好きになったことがない。いつもやっているのは、足し算ばっかり。そのおじさんが一日じゅう、きみみたいにくりかえしいってるんだ。『大事な用がある！(Je suis un homme sérieux!)大事な用がある！』そういって、ずいぶん偉そうにしているのさ。でもそんなの人間じゃない。キノコだよ！」(28—29・四〇)

語り手はそのとき、王子が「飛行機」に対して抱く負のイメージを鋭敏に感じ取っている。「子ども」と「大人」の思考性を同時に併せ持つ語り手を、他の「大人」たちから隔てる貴重な感性と言えるかもしれない。

「大事な用だって！」

王子はぼくをまじまじと見つめたんだ。ハンマーを片手に、指を油で黒く汚したぼくが、王子にはひどくみにくい代物《しろもの》としか見えないものの上にかがみこんでいるところを。

「まるで、おとなみたいな口のききかたをするんだね！」

そういわれてぼくは少しはずかしくなった。(28・三九—四〇)

「王子にはひどくみにくい（très laid）代物としか見えないもの」とは、言うまでもなく、墜落した語り手の「飛行機」に他ならない。王子にとって、「飛行機」は何の魅力も有してはいない。それどころか、醜悪な存在なのだ。語り手が王子と同じように、「飛行機」を「ひどくみにくい代物」と見なしているかどうかを見定める術はない。だが、「飛行機」に対する語り手の両面価値的な想いは、先に引いた「大画家の道をあきらめた」経緯によく示されている。「大人」たちの言動によって、なりたかった画家＝芸術家の道から引き離された結果、語り手は飛行機パイロットという職業を選ぶことになったのだ。

ところで、そのとき、大人たちが持ち出したのが、「絵」と「地理や歴史、算数や文法」という対立図式である。ここで「絵」と対立させられている地理、歴史、算数、文法というのは、主として小学生の高学年頃、学校で学ばれる教科科目と言ってよいだろう。これらはどれもが、実用的な生活、経済、政治などに関わる知識を付与する。そして、敢えて誇張的に述べるなら、すべてが「戦争」の論理・方法・目的に結びつくものを教示している。地理は、いかに地勢的な状況を踏まえ、他の国（敵国）より多くの領土を奪うか、どこから攻撃するかといった問題と深く関わっている。歴史について言えば、政治も戦争も歴史問題と切り離すことは不可能だ。それから数を扱う算数。戦争は、言ってみれば、ものや兵器（無論、「飛行機」もその一つ）をどれだけたくさん作り、どれだけ多くの人間（敵）を殺すかにすべてがかかっている。戦争の論理は決まって加算的なのだ。こうした思考は、あの計算ばかりに没頭する「大人」たちの態度ともどこかで通底している。王子が数や計算を嫌悪する理由も頷けよう。最後に言葉。言葉から始まる争い事は多々ある。言葉というものは良いものを生み出す一方で、悪いものを招来する可能性を常に秘めている。あのアドルフ・ヒトラーが、雄弁な言葉で大勢の国民たちを扇動した経緯などを思い起こしてもよいだろう。王子が花について言う「お花が何をしてくれたか（les actes）で判断するべきで、何をいったか（les mots）なんてどうでもよかったのに」（33・四九）、あるいは、キツネが王子に言う「ことば（Le langage）は誤解のもとだから」（69・一〇八）にも、正当な真理が含まれている可能性は多々あるのだ。

*Le Petit Prince*が「戦争」の影に色濃く覆われたテクストであることは、既に考察したレオン・ヴェルトへの「献辞」が何よりも明確に示している。この作品が発表されたのは、まさに第二次世界大戦の終盤の時期であり、当時のフランスはナチス・ドイツの支配下にあった。サン＝テグジュペリが一九四二年に亡命先のアメリカで発表した『戦う操縦士』は、ナチスが猛威を振るうフランスで既に発禁処分を受けていた。*Le Petit Prince*が『戦う操縦士』以上に、ナチスの逆鱗に触れるテクストであったことは想像に難く

ない。このテクストは、その冒頭で、作者の親友である一人の「ユダヤ人」――レオン・ヴェルト――に捧げられることを堂々と宣言しているからである。ナチスが「ユダヤ人」たちを最大の害悪とみなし、想像を絶する迫害を加えたのは周知の事実である。サン＝テグジュペリがこの「献辞」に書き入れた「そのおとなはフランスにいて、いま飢えと寒さに苦しんでいる。とてもなぐさめを必要としているんだ」という一節は、その当時ナチスの追及や迫害から逃れ、命がけで生活していた「ユダヤ人」――ヴェルトのみならず、おそらくすべての「ユダヤ人」たち――に向けられたものだったに違いない。つまり、作者サン＝テグジュペリは、この一見メルヘンティックとも思われる物語を通して、「戦争」のもたらす不条理を告発し、弾劾しようとしていたのだ。

表面的には「戦争」と無関係に思えるこのテクストにも、「戦争（guerre）」という語は思わぬ形で姿を現わす。王子と語り手が、花を食べるヒツジについて話していたとき、王子は興奮気味に語り出すのだ。

ヒツジとお花のたたかい（guerre）は、大事なことじゃないの？　そのほうが、赤ら顔おじさんの足し算よりも大事なことじゃないの、大変なことじゃないの？　ぼくの星には、世界でぼくの星にしかないお花が一輪咲いているんだけど、ちいさなヒツジ（un petit mouton）がきたら、なんの悪気もなしに、ぱくって食べちゃうかもしれないでしょう。それが大変なことじゃないっていうの？」

王子は顔を赤くして、またつづけた。

「〔……〕でもヒツジがお花を食べてしまったら、その人〔お花を好きになった人〕にとってはまるで星がぜんぶ、いきなり消えてしまうのと同じなんだよ！　それが大変なことじゃないっていうの？」（29―30・四一―四二）

ヒツジが花を食べるという行為には何ら邪悪な様子はないと思えるが、王子にとって、それはまさに「たたかい・戦争」の初源的な光景なのだ。王子にとってのヒツジは、いわば「小さなもの・弱きもの」の象徴である。キリスト教的な文脈で捉えるなら、王子のヒツジもまた、「迷える（子）羊」のイメージを共有しているのかもしれない。王子が語り手にヒツジを描くよう頼んだとき、彼が最後に気に入るのは箱に入ったヒツジ――語り手の表現によれば、「ほんのちいさなヒツジ（un tout petit mouton）」（15・一七）――だが、そんな小さなヒツジに対しても、王子は「そんなにちいさくもないなあ……（Pas si petit que ça）」（15・一七）と答える。そして、その「小さな」という形容詞は先の引用個所でも忘れずに添えられている（un petit mouton）。

小さな一輪の花と、それを食べるヒツジ。では、この一見無害とも思えるイメージが、王子に「戦争」という一語を口にさせるのはどうしてだろうか。戦争の開始時には、どちらに戦況が傾くか、まだはっきりしていない部分があるかもしれない。だが結局、最終的な勝敗は軍事力や経済力の大きさ、あるいは占領地の大きさなどによって決することになるだろう。軍事力とは、言い換えれば「暴力」、つまり、相手を殺傷する能力のことである。そして、ここで肝心なのは、「暴力」は、どれほど「弱いもの・小さいもの」の側にも生じる可能性があるということだ。ヒツジは人間から見れば確かに弱い動物かもしれない。しかし、そんな弱くて小さいヒツジでも、自身よりも弱く小さい花を目にすると、それを食べてしまう。自然の定めと言えばそれまでだが、これはまさに初源的な「戦争」の論理を示唆している。王子が、花を食べるというヒツジの行ないを、「たたかい・戦争」という言葉で表現する理由はそこにある。「戦争」は必ず、「大きなもの」から「小さなもの」、「強いもの」から「弱いもの」に向かって仕掛けられ、凄絶な結果を引き起こすことになるのだ。

*Le Petit Prince*が「大きなもの」と「小さなもの」の対立を終始話題にし、「小さなもの」たちに寄り添う物語であることは、これまで何度も指摘してきたが、その根源には明らかに「戦争」という問題が潜んでいる。大人たちが振り回されている病的な「加算論理」には「戦争」に直結する思考が常に

付きまとっているが、そうした「戦争」は、語り手が描く二種類の「絵」の中に集約的・象徴的にそのイメージを刻みつけている。

一つ目の絵は、語り手が六歳のとき、『本当にあった話〔《Histoires Vécues》〕』という本で見かけた絵から想を得ている。その本にあったのは、大蛇ボア（un serpent boa）が一頭の猛獣（un fauve）に絡みつき、今にも丸飲みにしようとしている絵だった。語り手は、いろいろと想像をめぐらせてから、色鉛筆を手にし、初めて一枚の絵を描き上げる。そんな彼の「作品第一号」（9・八）は、大きなボアが、これまた大きなゾウを飲み込み、消化しようとしている絵だった。それを描いたとき、語り手の頭にあったのは、人に恐怖を与える（faire peur）作品だった（「できあがった傑作をおとなたちに見せて、こわいかどうか聞いてみた」［9・八］）。だが、大人たちの答えは、語り手の気持ちを裏切るものでしかなかった。彼が渾身の思いを込めて仕上げた絵に対し、大人たちは「いったいどうして、帽子がこわいんだい？」（10・八）と聞き返したからである。そこで、語り手はその絵の内側を描いて、自分の作品の意図を大人たちに分かるよう説明しようとするのだが、結局は不成功に終わるのだ。

大人たちにはまったく感知されていないことを、六歳だった語り手は鋭敏に感じ取っている。それは、「大きなもの」が自分と同等の大きさのもの、あるいは自分より「小さなもの」を猛然と飲み込み、消化しようとしていることの「こわさ」だ。こうした、「小さなもの」だけが感じる恐怖は、まさに暴力や「戦争」の結果引き起こされる様々な犠牲や不安を暗示していると言って、おそらく過言ではないだろう。だが、そうした「小さなもの」からの深刻なメッセージも、大人たちの心には届かない。彼らが語り手に与えた忠告は、「ボアの絵なんかやめて、それよりも地理や歴史、算数や文法のことを考えなさい」だったからである。大人たちの頭は常に加算の原理へと引き寄せられるのだ。

二つ目は、言うまでもなく、「ボア（boa）」と発音も綴りも類似した巨木「バオバブ（baobabs）」の絵である。王子は突然、小さな木を食べてしまうヒツジのことを語り手に質問する。「ねえ、本当なのかなあ、ヒツジがちいさな木を食べてしまうっていうのは」（21・二九）。語り手の肯定の答えを嬉々として受け止めた王子は、バオバブの木もヒツジに食べさせたらどうかと思いつく。ヒツジに食べさせれば、ヒツジの腹も満たされるし、害悪を引き起こすバオバブも消えてなくなると考えたからだ。しかし、バオバブはそんなに甘い相手ではなかった。それは王子の予想を遥かに越えた、恐るべき巨木だったのだ。

そこでぼくは王子に教えてやった。バオバブはちいさな木どころか、教会の建物ほどもある大きな木なんだから、もしきみがゾウの群れを引

き連れて行ったとしても、バオバブ一本だって食べきれないくらいさ。（22・二九）

それなら、まだ小さいときに引っこ抜いてしまえば問題はないだろう。王子ならずとも、誰もがそう考えるに違いない。ところが、バオバブは注意を怠るといつの間にか地上に繁茂し、仕舞いには一つの星を壊滅状態に追いやってしまう。

ところが王子の星には、おそろしい種があったんだ……つまり、バオバブの種さ。星の地面にそれがはびこっていた。ところでバオバブというやつは、手を打つのが遅すぎると、もうどうやったって退治できなくなってしまう。星じゅうをうめつくす。根っこでもって、星に穴をあけてしまう。あまりちいさな星に、バオバブがたくさん生えすぎると、星は破壊させられてしまうんだ。（23・三一―三二）

ここでもまた、「大きなもの」（バオバブ）と「小さなもの」（星）の対比が確認される。そして、「退治する（se débarrasser）」、「破壊する（faire éclater）」といった暴力的な表現が選ばれている。バオバブは種子が発芽する時期から厳重に見守っていないと、まさに加算的に数を増やし、やがては覆いつくした大地を破壊し尽くす。巨木バオバブの存在は、重大な「大惨事（catastrophe）」に直結するのだ（「でも相手がバオバブだと、そんなこと〔注意を怠ること〕をしたら大変だ（c'est toujours une catastrophe〔それはいつも大惨事〕）」〔24・三二〕）。

ここで用いられている「大惨事」という語は大災害や大きな不幸を意味するが、それはずばり「戦争」と捉えることもできる。実際、バオバブの繁茂する姿は「戦争」――より具体的に言うなら、ナチス・ドイツがヨーロッパ全土を席捲した第二次世界大戦――を寓意的に表象しているとする見方もある。そうした読み方には、間違いなく、十分な妥当性があると言えるだろう。それは先に問題にしたユダヤ人レオン・ヴェルトへの「献辞」、そして作者サン＝テグジュペリが、ナチス・ドイツの暴力に抗してアメリカに逃れ、敵の支配下にあるフランスでは出版が叶わなかったこの作品を、一九四三年という年――戦争終結前の最も混乱した時期――に世に送り出したことなどを考えれば、容易に想像することができる。

改めて強調するなら、*Le Petit Prince* は子ども向けに書かれたメルヘンティックな物語ではない。野崎歓氏が指摘するように、この物語は「硬質で、安易な慰めなど受けつけないような孤独をも秘めている[1]」。また、王子には「寂しさがつきまとっている[2]」し、この物語には「めでたしめでたしのハッピーエンド[3]」も存在しない。それは「戦争」という悲劇をその内部に潜め持つ陰鬱な物語、いつ引き起こされるかもしれぬ「戦争」を未来の人々に向けて警告する物語なのだ。バオバブの絵を描いた語り手の訴えは、そうした過酷な「戦争」を体験してきた者の視点から、今の「子ども」たち、すなわち、この先また「戦争」を引き起こすかもしれぬ未来の「大人」たちに向かって投げかけられている。

〔……〕今度にかぎってはいわせてもらおう。つまりね、「こどもたち！みんな、バオバブには気をつけるんだよ！」お互い、これまでずっと、知らずにあぶない橋を渡ってきたんだということを、ぼくの友だちには知ってもらいたくて、それでさんざん苦心して絵を描いたわけなんだ。なにしろ苦労して伝えるだけの値打ちのある教えだから。

〔……〕バオバブを描いたときは、とにかく急がなければと思って一生懸命だったんだよ。（24・三四）

【註】

（1）サン＝テグジュペリ『ちいさな王子』野崎歓訳、光文社古典新訳文庫、二〇〇六年、一六三頁（訳者による「解説」）

（2）同書、一六四頁

（3）同書、一六五頁

6　王子とはいったい誰なのか

王子は物語の始めから終わりまで、一貫して極めて特異な状況にあるが、その特異さには想像を絶するものがある。多少長くなるが、そうした状況について簡潔に首尾よく述べている野崎歓氏の解説を引用してみることにしよう。

そもそも、大人に頼って生きていかざるをえない子どもであるのに、王子のまわりには頼るべき存在がまったくいないのです。「父」「母」という単語が、この作品にはほとんど出てきません(「父」が一回用いられているだけで、「母」は零回)。王子の両親の姿は影もかたちも見当たらないし、そもそも一緒に住んでいる人間がだれもいない。天涯孤独、一人ぼっちの王子なのです。王子が旅に出て出会う、王様を始めとする人たちもみな一人きりであることに変わりはありません。そして語り手の飛行士はといえば、「本当に話のできる相手もなしに、たったひとりで暮らしてきた」と自己紹介しているとおりです。心の内を分かち合う相手のいない人びとが、孤立したまま宇宙に散らばり、あるいは砂漠をさまよっている。そんなヴィジョンが本書の世界の基本にあるのです。チャーミングに描かれた王子の姿自体、あどけないと同時にわびしげでもあり、孤高の人とさえ呼びたくなるような雰囲気を漂わせています(1)。

物語や小説の世界はあくまでも虚構の世界であり、そこでは何が起こっても不思議ではない。したがって、たとえ王子の境遇や住んでいる環境がいかなるものであっても、それについて写実的・現実的な視点から、批判的意見を提示するのは無意味と言うべきだろう。しかしながら、それでもなお、王子は極めて不思議な世界に暮らしている。それは間違いない。野崎氏が的確に指摘しているように、小さな星で一人ぼっちで暮らす王子の姿は、どう考えてもやはり異様すぎるのだ。そもそも、王子のような、まだ小さな「子ども」が、どうやって一人で暮らして行けるのか。彼はどんな家に住んでいるのか。そして、どうやって食事や暮らしを賄っているのか。王子の星には二つの活火山があって、「朝ごはんをあたためるにはとても便利だった」（34・五二）と述べられている。しかし、地球の砂漠で飲む水を別にすれば、彼が食物を口にする姿は一度も描かれていない（「この子〔王子〕は今までにおなかがすいたことも、のどが渇いたこともない」［77・一一八］）。王子はいったいどんな食事をしているのか。

王子は完全に一人暮らしの身である。つまり、彼の周りには両親、兄弟・姉妹といった「家族」が一人も見当たらないのだ。野崎氏が指摘しているように、「父（père）」という語は物語中に一度だけ登場する。だが、それは王子の父親を指示してはいない。それは、大人が子どもに投げかける質問の中で使用する不特定な一単語にすぎないのだ（「その子のお父さんの年収は、どれくらい？」［19・二五］）。この物語が童話や児童文学だけでなく、通常の文学作品からも極めてかけ離れた世界で展開していると思える理由は、そうした王子の状況にもある。ほとんど何もない小さな星で日々を送る一人ぼっちの少年。話す相手もいない、永遠に孤独な世界で、彼はどうやって生きてきたのだろうか。そんな世界で生きることが、そもそも可能なのだろうか。その点についてては、王子が地球に行き着く前に訪れる六つの星の住人たち——王様、うぬぼれ屋、のんべえ、ビジネスマン、点灯係、地理学者——についても問うことができる。彼らもまた全員一人ぼっちのまま、一つの挙措に関わり、永遠に同じことを繰り返しているのだ。

それぞれの星にたった一人で暮らすこれらの人たちは、いったい誰なのだろうか。彼らは何故、家族も友人もなく、そこにいるのだろうか。年端のいかぬ王子は、そもそも何故そうした状況に立ち至ったのだろうか。疑問は際限なく生じる。現実にはあり得ない虚構世界の出来事とはいえ、この物語はあまりに謎めいている。

作品執筆上、致し方ないことを承知のうえで、敢えて瑣末な問いを発してみよう。王子を含むそれぞれの星の住人たち、そして王子が地球で出会う語り手（作者サン＝テグジュペリの分身と思われる存在）は、どうして同じ言語（フランス語）で会話を交わすことができるのか。それは、彼らが同じ言語の中で暮らしているからに違いない。そうでなければ、この物語は成立しえない。写実的・現実的過ぎるだろうか。もちろん、そうした批判は謙虚に受け止めなければならない。だが、今は広大な宇宙でばらばらに暮らしている王子、王様、うぬぼれ屋、のんべえ、ビジネスマン、点灯係、地理学者の七人が、かつては語り手やサン＝テグジュペリと同じ場所・同じ言語圏（フランス語圏）で暮らしていたと想像することは大いに可能である。むしろ、実際そうでなければ辻褄が合わない。では、それはいつのことだったのだろうか。

無謀と評価されることを覚悟のうえで、一つの解釈を提示してみることにしよう。この物語は、作者サン＝テグジュペリが体験した第二次世界大戦の影を色濃く引きずっている。この悲惨な戦争によって、膨大な人命が奪われた。家族や身内を失い、一人ぼっちになった人たちも多いだろう。王子もまたそうした少年の一人だったかもしれない。つまり、彼も戦争の頃は地球の住人だったということだ。他の六つの星の住人たちにも、その可能性は十分考えられる。では、かつて地球の住人だった人たちが、その地球から遠く隔たった小さな星で一人暮らしをしているという事態は、いったい何を暗示しているのだろうか。あまりに突拍子のない想像かもしれないが、彼らが地球を離れ、星の住人になったことは、彼らが既に生の領域にではなく、死の領域にいることを示唆してはいないだろうか。洋の東西を問わず、人が亡くなると、「あの人はお星さまになった」と言うが、彼らはまさに、その星になったと考えられるのだ。また、たった一人で小さな星に暮らすというイメージは、家族・親族とは別の墳墓に葬られた人の姿を彷彿させるかもしれない。王子は大切な家族と生き別れる形で亡くなった可能性もあるのだ（王子の世界＝星に「父母」や「兄弟・姉妹」が登場しないことから、そうしたニュアンスを感じ取ることも可能だろう）。さらに想像するなら、王子も他の六つの星の住人たちの何人かも、第二次世界大戦の最中に生命を落したのかもしれない。王様、うぬぼれ屋、のんべえ、ビジネスマン、点灯係、地理学者がたった一人でそれぞれの星に住み、日々励んでいるのは、忘れられない生前の行為・仕事の繰り返しだ。彼らはこれからもまた、時間が停止したような状況の中で、生前と同じ暮らしをひたすら引き継いで行くことだろう。

王子の星や地球での行動に生活臭のようなものがまったく感じられないのも、おそらくそうした理由によるのかもしれない。王子はどのような家に住み、どのような食事をしているのか。内容の不分明な「朝ごはん」（34・五二）という表現を除いては、そうした事柄に関する記述はほとんど現われない。そこでは、生命を繋ぐのに必須と思われる要素が驚くほど希薄なのだ。

「バオバブ」について触れたとき、この巨大に成長する樹木がナチス・ドイツの暴虐の隠喩・象徴として読まれる可能性について話題にしたが、実はこの物語の中で、「バオバブ」の脅威について話を切り出すのは王子なのだ。そして、「バオバブ」は本来、地球に生息する巨樹である。つまり、再度穿った読み方をするなら、王子はかつて地球のどこかで「バオバブ」の巨木を見たことがある、という理屈にならないだろうか。王子と語り手が「バオバブ」について話す件には、微妙な表現技巧と挿絵の効果が十分に生かされている。王子から「バオバブ」の話を聞かされた語り手は、王子の星らしき惑星に蔓延《はびこ》った三本の「バオバブ」と、その根元に立つ一人の人物(たぶん王子であろう)の挿絵を描いている(25・三三)。その挿絵を見た読者はほぼ間違いなく、それを王子の星の描写と理解するだろう。しかし、たとえそうであっても、それはあくまで、語り手の想像から生まれたものに過ぎない。と言うのも、もし王子の星でそのような事態が実際に生じていたなら、彼の星は跡形もなく粉々に破壊されてしまっていたに違いないからである(「バオバブがたくさん生えすぎると、星は破裂させられてしまうんだ」[23・三二])。つまり、語り手が想像で描いたこの挿絵は、王子がかつて地球のどこかで目にした光景にむしろ近似しているとは考えられないだろうか。

「バオバブ」のエピソードが語られる第5章には、先ず冒頭に「王子の星(la planète)」(21・二八)という表現が現われる。これは疑いなく、王子が旅立った小さな星のことだろう。だが、その後「ちいさな王子の住む星(la planète du petit prince)」（22・三〇）、「ぼくの知っている星(une planète)に、なまけものが住んでいたんだ」（24・三二）と説明が進むにつれ、この「星」という語の意味内容に少しずつ変化が現われるように思われる。「ぼくの知っている星に住んでいたなまけもの」とは、いったいどこの星の人なのか。その人物が王子の経めぐった六つの星の住人でないことだけは、先ず確かである。では、彼はどこに住んでいたのか。彼ははたして何者なのか。躊躇せずに言おう。こうした表現の変化は、王子が「死」の領域である自分の星から、地球という「生」の領域に一時帰還したことを匂わす、作者サン=テグジュペリの神業的な語り技巧と見なすことが可能なのだ。つまり、「ぼくの知っている星に住んでいたなまけもの」とは、生前の王子がかつて地球で目撃した人間だったことが、高い蓋然性を伴って浮上してくるのだ。したがって、いささか想像を逞しくするなら、地球で生まれ育った王子が、おそらく戦争によって生命を失い、まさに「お星さまになった」という物語を捻り出すことができる。これは無論、想像の域を出ないが、もしそうであるなら、王子は「生」の領域であった地球に、「復活した死者」として束の間帰還したことになるだろう。だが、そうした帰還は無限に許されるものではない。それには、必ず時間的なリミットがあり、王子はまた「死」の領域——あの「王子の星」——に戻っていかなければならなくなるだろう。

地球に帰還する王子を「復活した死者」と言い表したが、そのイメージは「復活したキリスト」のそれと、奇しくも重ね合わせることができる。何もない寂漠とした砂漠に降り立つ王子の姿には、「愛」や「平和」のメッセージを携えた、一人の若き殉教者のような敬虔さと静謐さが満ち溢れている。さらに言い添えておこう。王子は地球に来るとき、どのようにして彼の星を後にしたのだろうか。読者には、一言の説明もない。だが、語り手はそれについて、「自分の星から抜け出そうとした王子は、渡り鳥に乗っけてもらったんじゃないかとぼくは思う」（34・五〇―五一）と想像している。そして、原文テクストのタイトル前の頁には、十一羽の鳥たちに曳かれて惑星間を移動する王子の姿が、挿絵によって表現されている。鳥のように、自分の身体から羽が生えているわけではないが、それはどこか、あの背中に羽の生えた「天使」の姿を彷彿させる。「死」の領域から「生」の世界へと復活・再生を果たす王子には、まさに打って付けのイメージと言えるだろう。王子は、復活して生を与えられた天からの使者、つまり「天使」なのだ。

王子に関わる描写には、「死」やそれを連想させる表現を幾つも見出すことができる。先ずは、語り手が初めて王子と出会う場面。語り手は「突然あらわれたその坊やを、ぼくは目を丸くして見た」（12・一二）と述べているが、ここで「突然あらわれたその坊や」と訳されているのは、“cette apparition”というフランス語だ。“apparition”とは無論、あるものが目の前に「出現すること」であるが、それは同時に、「幻」や「幽霊」といった意味を兼ね備えている。つまり、王子を突然語り手の前に出現した「幽霊」――すなわち、あの世の人――と解釈することは十分可能なのだ。語り手が王子との別れを回想して語る、「ぼくの友だちがヒツジといっしょに行ってしまってから、もう六年もたつ」(20・二六―二七)という言葉にも、「死」の影は色濃く付きまとっている。日本語の訳文からは、なかなかニュアンスは捉えられないが、ここで「行ってしまっ〔た〕」と訳されている代名動詞“s'en aller”には、単にどこかに「行く」という意味の他に、「行って、もう戻って来ない」、つまり「消え去る」、「死ぬ」という意味が備わっている。自分の星に帰ることが「死」の世界に戻ることを意味しているとすれば、語り手の選んだこの動詞は、まさに、この場にぴったりのものと言えるだろう。

「死」を暗示すると思える表現は、王子が「生」の世界から「死」の世界に旅立つ時だけでなく、逆方向の移動を決心する時にもまた現われる。その一つはやはり、“s'en aller”という動詞だ。自分の星を離れる直前、和解した大切な存在である「お花」から、王子はこう言われるのだ。「さあ、ぐずぐずしていないで。じれったいわね。行くって決めたんでしょう。早く行って(Va-t'en)!」(36・五三)。この動詞が永久の別れを示していることは、同じ会話の際に王子が発する「さよなら(Adieu)」という一言によって、ささらに明確になる。通常の「さよなら」は多くの場合“Au revoir”という言い回しによって伝えられる。だが、"Adieu"は長期間または永久に別れることになる相手に向けて口にされる言葉なのだ。


それからちいさな王子は、ちょっとさびしさを感じながら、バオバブの新しい芽を引きぬいた。もう二度と、戻ってくることはないというつもりだった。〔……〕そして花に最後の水をやり、あとはガラスのケースをかぶせてやるだけになったとき、王子は泣きたい気持ちになった。

「さようなら(Adieu)」と王子は花にいった。

でも花は答えなかった。

「さようなら(Adieu)」王子はもう一度いった。(34・五一―五二)

"s'en aller"の場合と同じく、王子が逆方向の移動(地球から星へ)を予感する際にも、この言葉は使われる。地球で知り合ったキツネに最後の挨拶をしようとしたとき、王子の口から弱々しく零れ出るのは、やはりこの"Adieu"という一語なのだ。そして、決定的な別れを予感したのか、キツネもまた鸚鵡返しのように同じ言葉を反復する。

そして王子は、キツネのところに戻ってあいさつした。

「さようなら(Adieu)……」

「さよなら（Adieu）。〔……〕」（72・一一二）

星（「死」の領域）から地球（「生」の領域）にやって来た王子は、一年が経過したとき、再び星に戻って行かなければならないことをよく承知している（「今夜でちょうど一年になるんだ。ぼくの星は、去年ぼくが落ちてきた場所の真上にやってくるんだよ」［86・一三四—一三五］）。だが、王子が星に戻ることは、彼が地球で再び「死」の契機に立ち会うことを意味している。つまり、もう一度死ななければ、星には戻ることはできないのだ。語り手は、そんな王子の宿命を「ただの悪い夢」（86・一三五）だと思い込もうとするが、不安を押しのけることはできない。彼もまた確実に迫り来る王子との別れ、すなわち王子の「死」を感じ取っているのだ。

「今夜は、ぼく、もっとこわいだろうなあ……」

またしてもぼくは、取り返しのつかない何かが迫っているように思えて、ぞっとした。そして、この笑い声をもう二度と聞けないとしたら、自分にはとてもたえられないとわかった。（86・一三四）

こうして、避けられない別れ（王子の「死」）の瞬間は刻一刻と迫って来る。それを鋭敏に意識した王子の言葉や、彼の様子を描写する語り手の表現には、「壊れやすい（fragile）」ものや「死（mort）」を暗示するもの、そして、まさに「死ぬ（mourir）」という動詞が徐々に立ち混じり始める。

「友だちがいたっていうのはいいことだよね、たとえもうすぐ死ぬとしても。〔……〕」（77・一一八）

〔……〕ぼくは王子を両腕でかかえてまた歩きはじめた。〔……〕これわれやすい宝物を運んでいるような気分だった。地球上に、これほどこわれやすいものはないという気さえした。（78・一二〇）

〔……〕そう思うと、王子がいっそうこわれやすいもののように思えた。ランプの炎〔＝王子〕はまもってやらなければならない。風のひと吹きで、消えてしまうかもしれないのだから。（78・一二一）

王子の心臓が、銃で撃たれて死ぬまぎわの小鳥の心臓みたいにどきどきしているのがわかった。（84・一三一）

「ぼく、苦しそうに見えるかもしれない……。なんだか死にそうに見えるかもしれない。でもしかたがないんだ。そんなの、わざわざ見にくる

ことないからね」(88・一三八)

「きちゃだめじゃないか。つらくなっちゃうよ。きっとぼく、死んだみたいに見えると思うけど、でもそうじゃないんだからね……」(89・一三九)

「でも、古い皮をぬぎすてるようなものなんだからね。ぬけがらだと思えば、悲しくなんかないでしょ……」(89・一四一)

「死」の領域に立ち戻って行く王子と、「生」の領域に無事帰還して行く語り手。その方向はまさに逆だが、それを表現する言葉は同じだ。それは共に、「おうちに帰る(rentrer chez soi)」という優しい言い回しで表現されている。王子は飛行機の修理を終えた語り手に、「よかったね、きみの機械のわるいところが見つかって。もうすぐおうちに帰れるよ……」(84・一三二)と声を掛けてから、こう言う。「ぼくもきょう、おうちに帰るんだよ……」(84・一三三)。王子から発せられたこの言葉には、語り手に対する最大限の気遣いが現われている。語り手が自分のことを心配しないようにと考える王子は、「たとえもうすぐ死ぬとしても」という言葉を、「なんだか死にそうに見えるかもしれない。でもしかたがないんだ」、「死んだみたいに見えると思うけど、でもそうじゃないんだからね」、「古い皮をぬぎすてるようなものなんだからね。ぬけがらだと思えば、悲しくなんかないでしょ」と徐々に和らげながら、「おうちに帰る」というこの幸福な言葉に到達するのだ。

王子を地球に導いたのが、天使を思わせる鳥たちだとするなら、彼を再び「星」に戻す役割を演じるのがヘビである。「金色のブレスレットみたいに」（60・九四）王子の足首に巻きついたヘビは、「きみをのっけて、船よりも遠くまで行けるぜ」（60・九四）と、鳥たちの代役——逆の役割——を果たすことのできる力を誇示する。そして、さらにこう付け加える。「もしそのうち、自分の星がなつかしくてたまらなくなったら、ぼくが力になってあげるよ。ぼくの力さえあれば……」（62・九四）。だが、「よくわかったよ」と言いながらも、王子にはまだ、このヘビの誘いが何を意味しているのかが、よく理解できていない。

「ああ、よくわかったよ。でもどうしてきみは、謎みたいなことばかりいうんだい？」

「その謎をみんな、ぼくが解いてやるのさ」とヘビはいった。

そして二人はだまったんだ。（62・九五）

ここでヘビが口にする「謎（énigmes）」という言葉は、いったい何を意味しているのだろうか。それはおそらく、王子が「死」の領域から「生」の領域に帰還し、やがてまた「死」の領域に旅立たなければならないことを匂わしている。もともと「星」の住人である王子には、自分が「死」の側にあるのか、「生」の側にあるのかといった意識はないのかもしれない。両方の領域を往還する王子は、それらを明確に区別していないか、自分はいつも「生」の側にいると考えている可能性さえあるのだ。しかし、「星」が死の領域にあることは、ヘビの次の言葉から明確に確認することができる。

「ぼくはね、触った人を、もとの土に還《かえ》してあげるんだ。でも、きみは純粋だし、星からやってきたんだしなあ……」（60・九四）

そして、遂に別れの時は訪れる。

王子の足首に、一瞬、黄色い光が走っただけのことだった。王子は少しのあいだ、じっと動かずにいた。叫び声もあげなかった。そして木が倒れるみたいに、ゆっくりと倒れた。砂のせいで、音さえたてることなしに。（91・一四三）

へビに足首を噛まれた王子は、再び「死」の領域に戻って行く。旅立って来た自分の小さな「星」にまた帰って行くのだ。王子の亡骸が砂漠に見当たらないのはそのためだろう。それは語り手にもよく分かっている(「でも、王子が星に戻って行ったんだということはよくわかっている。なぜなら、夜が明けてみると、王子の体はどこにも見つからなかったからだ」[91・一四五])。

「死」の領域から「生」の領域に移動し、その後再び「死」の領域に立ち戻る王子と、「死」の危険性から辛くも逃れ、無事「生」の世界に帰還する語り手(「ぼくが生きて戻ったのを見て、仲間たちはとても喜んでくれた」[91・一四五])は、ほとんど誰もいない砂漠の真ん中で、何ものにも代え難い、束の間の濃密な「生」の瞬間を共有したと言えるだろう。二人はまさに正反対の世界に戻って行くわけだが、そうした結末は二人に与えられた対照的な志向性によっても密かに暗示されている。それは「夕暮れ(crépuscule/couchers de soleil)」が好きな王子(「ぼく、日が沈む景色が好きなんだ」[26・三五―三六]、「あんまりさびしいと、日が沈むのが好きになるんだよ……」[27・三七])と、「日の出(lever du jour)」を愛する語り手(「日の出の時間、砂はハチミツ色になる。そのハチミツ色もまた、しあわせな気分にしてくれた」[81・一二四])との対照性だ。終始「生」の世界に留まる語り手。そして、地球での束の間の滞在を除き、「死」の領域に身を置く王子。

この「夕暮れ」対「日の出」という鮮やかな対比には、そんな二人を断ち切る無情な「生／死」の存在が象徴的に立ち現われている。先の語り手の言葉に続く「それなのにどうしてぼくは、つらい思いにさいなまれなければならなかったのか……」（81・一二四—一二六）という一節は、まさに二人の間に立ち塞がる「生」と「死」の隔絶を何よりも痛々しく表現しているのだ。

最後に突拍子もないと思われることを重々承知の上で、永遠の別れ（「死」）を前にした王子と語り手の様子について、一言述べておくことにしよう。もうすぐ「死」の世界に旅立とうとしている王子を両腕に抱きしめた語り手は、王子が首に巻いていた金色のマフラーを解き、こめかみをぬらし、水を飲ませてやる（84・一三二）。日本風に言うなら、いわゆる「死に水を飲ませる」という仕草・儀式に相当するだろう。そして、注目すべきことに、語り手は、その時の王子を「幼子（petit enfant）」に譬えている。

何かとんでもないことが起こったのだという感じが、ひしひしとした。ぼくは王子を幼子《おさなご》のように、ぎゅっと抱きしめていたけれども、この子は深い淵をまっさかさまに落ちていって、引きとめようもないのだと思えてならなかった……。（86・一三三）

この「幼子」という表現は、「聖母マリア（Sainte Vierge）」の胸に抱かれた

「幼子イエス」の姿を連想させるだろう。王子を抱きしめているのが語り手（男性）である以上、そうした連想に無理があるのは承知している。だが、語り手は物語の最終場面で、「幼子イエス」を彷彿とさせる幸福と平和の使者である王子を、聖母のように自らの胸にしっかりと抱き締めている。また、語り手がサン（Saint）＝テグジュペリの分身的な人物であることを考えるなら、たとえ言葉の綾とはいえ、この場面に聖的な神々しさのようなものが漂うのを否定することはできない。作者サン＝テグジュペリもまた、王子に「聖なる」相貌を付与することで、自身の理想や思想を、そうしたキリスト教的な世界観に寄り添わせようとしていたのかもしれない。

【註】

（1）サン＝テグジュペリ『ちいさな王子』野崎歓訳、光文社古典新訳文庫、二〇〇六年、一六四頁（訳者による「解説」）

7　キツネは本当に、良き友だちなのか

この物語に登場する王子の中心的な話し相手は、言うまでもなく、作者の分身とも言うべき語り手であるが、この語り手に次いで重要な役割を演じているのが、地球に降り立った王子が砂漠で出会うキツネであろう。何故なら、キツネは王子が最も長く友好的な会話を交わし、「ぼくの友だち（mon ami）」といった言い方で名指しするほぼ唯一の動物だからである。

「〔……〕最初はほかのたくさんいるキツネとおなじ、ただのキツネでしかなかったんだ。でもぼくらは友だちになった。いまではそのキツネは、この世でたった一匹のキツネなんだよ」（72・一一二）

「ぼくの友だちのキツネがね」と王子がいおうとした。（76・一一七）

「友だちがいたっていうのはいいことだよね、たとえもうすぐ死ぬとしても。ぼく、キツネと友だちになれてよかったなあ……」（77・一一八）

キツネが王子にとって「友だち」だというのは、決して間違いではないだろう。王子自身がそう言っている以上、本人の気持ちを否定するのは不可能だからである。この物語を読むほとんどの読者もまた、王子の言葉を信じ、キツネを抵抗なく良き友と見なすに違いない。そして、キツネの語ることに好意的に耳を傾け、王子の「友だち」というキャラクターを背負うこの動物を、好ましい存在として受け止めようとするだろう。

ついでに付け加えるなら、キツネが王子にとって愛らしい動物として想像されることの背後には、サン＝テグジュペリのキャップ・ジュビーでの任務経験という事実があるかもしれない。彼はその地にいるとき、耳の長いキツネ（フェネック）を飼っていたというのだ。例えば、新潮文庫版『星の王子さま』の訳者、河野万里子氏は、「訳者あとがき」で次のように述べている。

> このキャップ・ジュビーというのは、一方を海、三方を砂漠《さばく》にかこまれた、文字どおりの陸の孤島《ことう》だ。しかも周辺の遊牧民モール人は非友好的で、砂漠に不時着《ふじちゃく》した飛行士を人質《ひとじち》にしたり、殺害したりすることもあったという。アントワーヌ〔サン＝テグジュペリ〕は危険を冒《おか》しながら彼らを救出したり、遊牧民と粘《ねば》り強《づよ》い交渉《こうしょう》をしたりして、みごとに飛行場長としての役目をはたしたようだ。また孤独《こどく》な生活の友として、「ものすごく耳の長いキツネ（フェネック）」を飼っていたとのこと。アントワーヌも、キツネとことばをかわし、絆《きずな》を結んでいたのだ。[1]

こうした伝記的な言い伝えが、この作品に登場するキツネの価値と評価を決定したという可能性は十分に考えられるだろう。だが、実際にペットとして飼育していた動物が作品(虚構)内に登場させられるとき、その動物にいかなる役割が与えられ、結果的にどのような意味作用が生じるかは、必ずしも定かではない。場合によっては、実生活での価値評価が完全に逆転するような事態に立ち至る可能性もないとは言えないからだ。

王子とキツネの関係は、王子の言葉で言うなら、まさに「友だち」の関係である。だが、この関係には、最初から最後まで茫漠とした非対称な雰囲気が纏わり付いている。先の引用からも確認されるように、王子はキツネと出会えたことを心の底から喜び、キツネが自分の「友だち」であると再三断言している。いわば、決然と「友だち宣言」を行なっているのだ。では、キツネはどうだろうか。キツネは王子に対して、「ぼくの友だちの王子」などという表現を決して使わない。むしろ、「友だち」という言葉を使わないよう、巧妙に避けているような節さえある。つまり、相手を「友だち」と見なしているのは一方的に王子の方だけであり、キツネはそうした認識を最後まで王子と共有することはない。互いに理解し合い、間違いなく仲良しと思われる両者の間に生じているのは、相互的な「協和感」のようなものではなく、むしろ、ぎくしゃくとした「違和感」のようなものであると言っても過言ではないだろう。

この物語には、キリスト教的なイメージを背負ったものが幾つか登場する。それは、具体的に述べるなら、「ヘビ(serpent)」、「ヒツジ(mouton)」、そして「バラ(rose)」だ。「ヘビ」は言うまでもなく、人類最初の祖先を唆す張本人。知恵の木に実った禁断の木の実をイヴに食べさせるあのヘビだ。ヒツジには、柔和なもの、牧童が導く弱い存在、「迷える子羊」といったイメージが与えられている。そして、バラは、聖母マリアの象徴だ。正確には白バラだが、実際は色とは関係なく、バラは一般的に清いもの、純潔なもの、そして聖母マリアの象徴と捉えられている。

そしてそこに、この物語の中でも特に印象的な動物と見なされている「キツネ(renard)」が加えられる。加えられると言うより、むしろ絶妙に紛れ込まされると言った方が正確かもしれない。キツネはキリスト教や『聖書』の世界とは、本来あまり馴染みがない。だが、ここにも実は、非常によく練られた物語的な仕掛けがある。

キツネは王子と初めて出会うとき、どこに登場しただろうか。林檎の木(le pommier)の下である(「ここだよ、りんごの木の下だよ……」[67・一〇三])。エデンの園に生えていたのが何の木であるかについては幾つかの説がある。林檎の木もまたその有力候補の一つである。そして、周知のように、『聖書』においてその木の下に登場するのはヘビなのだ。あのイヴを惑わすヘビである。つまり、キツネには最初からヘビの影が濃厚に付き纏っていると考えられるのだ。この点をきちんと見極めない限り、この物語におけるキツネの役回りを正確に把握することは困難であろう。

西洋世界でキツネに与えられてきたイメージや象徴性について考えるには、例えばフランス語という言語の中で、この動物がどのような形で表象されてきたかを確認しておく必要があるかもしれない。結論から言うなら——もちろん、キツネのせいではないのだが——、そのイメージは概してマイナス的であり、プラスと思われるものはほぼ皆無である。先ずはキツネという名詞自体が、マイナスの意味に満ち溢れている。この名詞は「狡賢い男」、「古狐／古狸」、「密偵」、「スパイ」といった意味を共示的に内包しているのだ。また、あまり使用されないようだが、キツネという名詞から派生した“renarder”という動詞には、「反吐《へど》を吐く」に加え、「狡く立ち回る」という意味がある。キツネという名詞を含む熟語的な言い回し・慣用表現となるとかなり豊富で、それらもまた例外なくマイナスの意味やニュアンスに包まれている。“rusé comme un renard”は文字どおり「キツネのように狡賢い」だが、“coudre la peau du renard à celle du lion”〔キツネの皮をライオンの皮に縫い付ける〕は「悪知恵と力を併せ持つ」、“crier au renard”〔キツネだと叫ぶ〕は「騙された人を嘲笑う」、“faire comme le renard fit des raisins”〔キツネが葡萄の実にしたことをする〕は「手に入らないものを無視するふりをする、負け惜しみを言う」、“faire la guerre en renard”〔キツネとして戦争する〕は「騙し合いの戦いをする」、“Le renard est pris, lâchez vos poules"〔キツネは捕らえられた。ニワトリを離してください〕は「危険は去った。安心してください」、"Le renard prêche aux poules"〔キツネがニワトリに説教する〕は「上手いことを言って騙す」、"prendre martre pour renard"〔テンをキツネと間違える〕は「似たものを取り違える」、"se confesser au renard"〔キツネに告白する〕は「敵に秘密を打ち明ける」、"tirer au renard"〔キツネを撃つ〕は「拗ねて言うことを聞かない、何とか義務を逃れようとする」、"Un bon renard ne mange pas les poules de son voisin"〔賢いキツネは隣人のニワトリを食べない〕は「筋金入りの悪人は、近隣で悪事を働かない」という意味になる。

このように、王子と遭遇し、彼に最も大きな感化を及ぼすキツネのイメージは、決して愛らしいものでもないし、友好的なものでもない。では何故、王子が地球で出会う数少ない動物としてキツネが登場することになるのか。どうして、猫や犬ではないのか。作者の思いは、いったいどこにあるのか。それは、王子と最も密な対話を展開する動物が純真で無邪気だと、一貫してこの物語の底流に潜む「悲哀感」、「孤独感」、「絶望感」といった感覚が洗い流され、メルヘンのような世界に立ち至ってしまうからに違いない。この物語は子ども向けの心和む童話——あるいは、児童文学——ではなく、あくまでも子どもを含めた未来の地球人たちに対する命がけのメッセージなのだ。

キツネには可哀そうだが、この動物は「悪知恵」、「狡猾さ」、「裏切り」、「策士」といった文脈・意味論的磁場に登場する、まさに顔馴染みの常連だ。それは何よりも先ず、キツネが知性的であることを前提としている。頭の回転がよく、相手を容易く自分の論理に引き込み、打ち負かし、短時間で言いくるめる能力をそなえているということだ。"Le renard prêche aux poules"という熟語的言い回しなどには、そうしたキツネの属性が典型的な形で姿を現わしている。

先に挙げたように、キツネはニワトリ(poules)と結び付けられ、「狡賢さ」の権化として慣用表現に登場することが多々ある("Le renard est pris, lâchez vos poules"/"Le renard prêche aux poules"/"Un bon renard ne mange pas les poules de son voisin")。そして、それを意識してか、サン＝テグジュペリ自身もまた、王子とキツネの対話の中に、きっちりとそのニワトリを忍び込ませている。人間と話し始めたキツネは、王子が地球の人間に話題を向けたとき、すかさずニワトリの話を持ち出すのだ。まさに、キツネとニワトリが連想的、そして慣用的に結び付く瞬間である。

「人間は猟銃をもっていて、それで狩りをする。まったく困ったもんだ！　それから、ニワトリ(poules)も飼ってる。それだけが取り柄さ。きみ、ニワトリをさがしてるの？」(67・一〇四―一〇五)

「ニワトリ」を飼っていることが人間の取り柄である理由は、はっきりしている。「ニワトリ」は、食肉目である「キツネ」の大好きな食べ物だからだ。それは、王子が自分の星に言及した際の「キツネ」の反応からも明らかである。


「その星に狩人《かりゅうど》はいるの？」

「いないよ」

「ほう、そりゃいいなあ！　それじゃ、ニワトリは？」

「いない」

「なんでもかんぺきってわけには、いかないよなあ」とキツネはため息をついた。（68・一〇六）

弱肉強食と言えばそれまでだが、人間は猟銃を持ってキツネを追いかけ、キツネは捕食するためにニワトリを追い回す（「ぼくの暮らしは、単調なんだよ。ぼくがニワトリをおいかけ、人間がぼくをおいかける」［68・一〇七］）。これは確かに、極々普通のことのように見える。だが、それでもなお、先のキツネの言い方には、拭い去ることのできない詭弁性のようなものが濃厚に染み付いている。それは、キツネが――おそらく意識しつつも

——自己中心的な論理を巧妙に維持しようとするからだ。猟銃を持ってキツネを追いかける人間がキツネにとって困った存在なら、ニワトリを狙って付け回すキツネもまた、ニワトリにとって困った存在であるというのが条理だろう。だが、キツネは自分だけが強者である人間に生命を脅かされる不運な存在であると、王子に信じ込ませようとしている。そして、純真で無邪気な王子は、そうしたキツネの奸計に気づいていない。王子はこのとき、まさに慣用表現に登場するニワトリの位置に立たされているのだ。人間がキツネを殺し、キツネがニワトリを殺すという関係は、奇しくも王子が「戦争」に譬えた、あのヒツジとお花の関係（「ヒツジとお花のたたかい」［29・四一］）と相同的だ。だが、そんなヒツジとお花の関係を危惧していたはずの王子も、キツネの雄弁で狡猾な話術に対しては、何一つ為す術がない。相手の顔色を窺いつつ、巧妙にその懐に侵入するキツネの真骨頂はまさにそこにある。

キツネの言語能力は王子のそれを確実に上回っている。それは、キツネが衒学者のような口振りで、真実と虚偽を巧みに織り交ぜ、もし必要なら、両者の関係を易々と反転させることができるからだ。キツネは王子に対し、「ことばは誤解のもとだから」（69・一〇八）と明確に断言している。それはおそらく間違ってはいない。同じことは、王子自身も承知していたはずだ。王子はかつてお花について、「お花が何をしてくれたかで判断するべきで、何をいったかなんてどうでもよかったのに」(33・四九)と言っていたのだ。だが、王子の前で能弁さを増すキツネの言葉——「誤解のもと」——は、いつの間にか真実と乖離し、まさにキツネが警告していた「誤解」へと王子を導いていく。王子が気づく間を与えずに。言葉には用心しなければいけないと言いながら、キツネが王子に為しているのは、まさに自分の言葉を真実として信じ込ませることなのだ。

キツネの影響力は計り知れないほど強大である。キツネは王子にバラの花たちを見に行くよう勧めるが、その時のキツネの言葉はこうである。

「もう一度、バラを見に行ってごらんよ。そうすれば、きみのバラがこの世でたった一輪のバラだってことがわかるから。それからもう一度、さよならをいいに戻ってきてくれよ。そうしたら、秘密を一つ、おみやげにあげよう」(70—72・一一二)

このキツネの言葉には、どこにもおかしなところはないように思われる。それは王子に、星に残してきた一輪のバラの大切さ、掛け替えのなさを伝えるものと解釈できるからである。だが、驚いたことに、王子がバラたちに発するのは、一本一本の花たちの気持ちを無残にも踏みにじる次のような言葉なのだ。王子はまたしても、キツネの巧妙な口振りに惑わされ、重大な「誤解」を演じていると見てよいだろう。

「きみたちはぜんぜん、ぼくのバラには似てないよ。ぼくにとってきみたちはまだ、なんでもないんです。だれもまだ、きみたちをなつかせてないし、きみたちだって、まだだれのことも、なつかせていない。ぼくのキツネが、はじめはそうだったのとおなじだね。最初はほかのたくさんいるキツネとおなじ、ただのキツネでしかなかったんだ。でもぼくらは友だちになった。いまではそのキツネは、この世でたった一匹のキツネなんだよ」

バラたちは困ったような顔をした。(72・一一一)

こうした態度には、自分のお気に入りのバラに「似て〔い〕ない」という理由だけで、「他者」たる多くのバラたちをにべもなく排除する、王子の利己的・自己中心的な姿勢がよく現われている。バラたちが困ったような顔をするのも、当然と言えば当然であろう。そして、もう一つ付け加えるなら、「ぼくらは友だちになった」と思い込んでいるのは、疑いなく王子の方だけだ。先にも指摘したように、キツネは王子に対し、二人が「友だち」であることを確認する表現を一切口にしていないからだ。実は、こうした王子の発想を効果的に助長しているのは、キツネが王子に出会った際に執拗に使用しようとする「飼い馴らす・なつかせる（apprivoiser）」という動詞なのだが、それについては次章で詳しく検討することにし、ここではさらに重要――かつ問題――と思われるキツネの言葉について考察してみることにしよう。

キツネが王子に発する言葉の中でも特に名言と捉えられ、今でもなお高い評価を与えられているものがある。それは、キツネが「秘密・秘訣（secret）」と呼ぶ次のような言葉である。

「さよなら。じゃあ、秘密を教えてあげよう。とてもかんたんだよ。心で見なくちゃ、ものはよく見えない。大切なものは、目には見えないんだよ」（72・一一二）

そして、王子もまた、感銘を与えられたかのように、同じ言葉を繰り返す。

「大切なものは、目には見えない」ちいさな王子は、忘れないようにくりかえした。（72・一一二）

それから王子はつけくわえた。

「でも、目ではなにも見えないんだ。心でさがさなくちゃ」（81・

一二四)

「大切なものは、目には見えない」。真実を的確に言い当てた、一見、哲学的とも思える言葉かもしれない。だが、たとえそうだとしても、この言葉の真意は、決して明確とは言えない。キツネはその意味を説明するかのように、「時間をかけて世話したからこそ、きみのバラは特別なバラになったんだ」(72・一一三)と言う。では、この場合、目に見えない大切なものとは、はたして何なのか。バラの世話に費やされた「時間」のことなのか。たぶん、そうではあるまい。「時間」が大切なことぐらい、誰でも承知しているからだ。敢えて言うなら、大切なこととはむしろ、王子がバラの花に為した数々の「世話」の方だろう。

しかし、王子がバラに為してきた「世話」――例えば、水を遣ったり、害虫を取り除いたりすること――は、決して見えないわけではなく、はっきりと目で確認することができる。翻って言うなら、目に見える大切なものもまた、目に見えない大切なものと同様、数多く存在するということだ。さらに言えば、目に見えないものが常に大切であるかというと、必ずしもそうではない。世の中には、見えないために害を及ぼす可能性のあるものも数多く存在する。土の奥深くに眠るバオバブ等の種はもちろんだが(「そしていい草のいい種と、悪い草の悪い種とがあった。でも種は目に見えない」

［22・三〇］）、人間の心でさえ、決して例外とは言えないだろう。真に大切なものは、目に見えることもあれば、見えないこともあるのだ。

王子はキツネの似非哲学者めいた「名言」に感動し、それによって半ば感化されそうになる。だが、王子のそんな気持ちは、物語の結末が迫るにつれ、再度また「見る(voir)」、「見つめる・じっと見る(regarder)」という動詞の方に強く引き寄せられていく。王子はそもそも、夕日の沈むのを見るのが何よりも好きだった(「ぼく、日が沈む景色が好きなんだ。いっしょに、日が沈むところを見に行こうよ……」[26・三五—三六]、「太陽が沈むのを、一日に四十四回〔原文は四十三回〕も見たことだってあるんだよ!」[27・三六])。この時に使われていた動詞はいずれも "voir" だが、それは「心で見なくちゃ、ものはよく見えない」と言ったとき、キツネが使った動詞と同じである。だが、キツネと別れた後、王子が口にするのは、"voir" よりもはるかに意識的・能動的な意味合いの強い "regarder" という動詞だ。それは、僅か数頁ほどの文章のなかに高頻度で立ち現われ、「視覚」——目に見えること——の重要性を効果的に伝えている。

「お花だって、同じだよね。もしきみが、ある星に咲いているお花を好きになったら、夜、空を見上げる(regarder le ciel)としあわせになるでしょう。〔……〕」(86—87・一三五)

「夜になったら、星をながめてよね（Tu regarderas）。〔……〕それならきみはきっと、どの星を見て（regarder）も嬉しくなると思うんだ……。どの星もみんな、きみの友だちだよ。〔……〕」（87・一三六）

「きみが夜、空をながめる（tu regarderas le ciel）とき、どれかの星にぼくが住んでいて、そこでぼくが笑っていると思えば、きみにとっては全部の星が笑っているようなものでしょう。〔……〕」（87・一三七）

「〔……〕きみが空を見上げて（en regardant le ciel）笑っているのを見て、きみの友だちはみんな、びっくりしちゃうだろうなあ。〔……〕」（88・一三七）

「ね、きっときれいだろうね。ぼくだって星をながめるよ（je regarderai les étoiles）。どの星にもみんな、井戸があって、さびた滑車がついてるんだ。どの星もみんな、ぼくに水をついでくれる……」（90・一四二）

そして、王子と掛け替えのない対話を交わしてきた語り手もまた、“regarder”

という動詞によって、この物語を閉じることになる。そこで語り手が仄めかしているのは、間違いなく「戦争」のことだろう。多くの戦争は人間の心に芽生える、ほんの些細で目に見えないことから始まるに違いない。だからこそ、常に目を見開いて眺めていなければならないのだ。

空をながめてごらん（Regardez le ciel）。そして考えてごらん。ヒツジは花を食べたか、食べなかったか？　それだけでなにもかもが、どれほど変わってしまうかが、きっとわかるはずだ……。
そして、それがそんなに大事なことだとは、どんなおとなにも決してわかりはしないのさ！（93・一四七）

語り手は、本文の後に付された「あとがき」めいた文章のなかでも、この“regarder”という動詞を用い、読者に最後のメッセージを伝えようとしている。それを最後に引用しておきたいと思う。

これがぼくにとって、この世でいちばん美しくていちばん悲しい風景なんだ。前のページと同じ風景だけれど、もう一度、きみたちによく見てもらおう〔pour bien vous le montrer：“montrer”は「目に見えるように示す」という意味〕と思って描きなおした。ちいさな王子はここで地上にあらわれ、そして消えた。もしいつか、アフリカの砂漠を旅するときには、この場所がちゃんとわかるように、注意深く見ておいてくれたまえ〔Regardez attentivement〕。〔……〕（95・一四九）

【註】

（1）サン＝テグジュペリ『星の王子さま』河野万里子訳、新潮文庫、二〇〇六年、「訳者あとがき」、一五二頁

8　キツネが用いる“apprivoiser”という動詞の真意とは

地球に到着した王子は、林檎の木の下にいるキツネと出会ったとき、「おいで、いっしょにあそぼうよ。ぼく、とってもさびしいんだ……」（67・一〇三）と語りかける。だが、それに対するキツネの言葉は、予想外にそっけない。しかも、キツネが口にしたある言葉が、王子にはまったく理解できないのだ。出会った際には、キツネの方から「こんにちは」と声をかけてくれたのだから、王子がそうした相手の反応を不思議に思うのは当然だろう。友好を求める王子に、キツネはこう言い放つ。

「きみとは遊べないな」〔……〕「だってぼく、まだなつかせてもらっていないもの」（67・一〇三）

キツネが発した「なつかせる」という動詞の意味が一向に理解できない王子は、「『なつかせる』って、いったいどういう意味なの？」（67－68・一〇四－一〇五）と、執拗に三度、相手に尋ねることになる。無理もない。キツネが使った“apprivoiser”という動詞は、二人（王子とキツネ）が親交を結ぶ際に用いられるものとしては、あまりに不自然で曖昧だからである。王子は、子どもには聞き慣れないこの動詞を、たぶん初めて耳にしたのだろう。野崎歓氏はこの動詞を「なつかせる」、そして内藤濯氏、池澤夏樹氏、河野万里子氏は、それぞれ「飼いならす」、「飼い慣らす」、「なつかせる」と訳している。いずれも正しい訳と言えよう。だが、王子が三度も意味を聞き返すこの不可思議な動詞については、未だに十分な議論がなされていないように思われる。「たのむよ……。ぼくをなつかせてくれよ(apprivoise-moi)!」(69・一〇八)というのは、はたしてどういう意味なのか。それは単に、「ぼくの友だちになってよ(Soyez mon ami/Sois mon ami)」ということなのか。ならばどうして、分かり易く素直にそう言わないのか。何故そんな、子どもが普段使わないような難しい動詞を、わざわざ使用する必要があるのか。読者なら、王子同様、当然そうした疑問を抱くに違いない。キツネは、「きみがもし、友だちをほしいなら、ぼくをなつかせてくれよ!」(69・一〇八)と、一度だけ「友だち」という語を口にするが、キツネにとって重要なのは、「友だち」になることではなく、あくまでも「なつかせてもらう」ことなのだ。

では、この動詞は本来どのようなニュアンスで使われるのだろうか。日本語では通常「飼い馴らす・手懐ける」と訳されているこの動詞は、文字どおり、慣れていない動物(猛獣)を何とか制御し、自分に服従させることを意味する。つまり、自分の意向に叶うよう――さらに言うなら、自分の命令に従うよう――、その領分に取り込み、完全に支配することを意味する。そのためには当然、非常に巧妙な策略と、強力な(権)力の行使が必要とされるだろう。多少穿った見方をするなら、ここでのキツネはまさにその「猛獣」の役回りを演じている。そして、動詞 “apprivoiser” の意味も理解できぬまま、キツネに寄り添おうとする王子には、キツネを「飼い馴らす・手懐ける」ことなど、最初から不可能なのだ。つまり、キツネが“apprivoise-moi”と言うとき、それは「ぼくをなつかせてくれよ」ではなく、「(やれるものなら)、おれをなつかせてみろよ」と、王子を挑発している可能性もあるということだ。

キツネを一筋縄ではいかない挑発者として読むことができるのは、キツネが好んで用いる“apprivoiser”という動詞の名詞形“apprivoiseur”が、「誘惑者」という意味を内包しているからである。「飼い馴らす人(apprivoiseur)」とは、まさに巧妙な甘言を弄し、女性たちを次々と誘惑しては捨て去った、あのドン・ファン(Don Juan)のような人物を名指す言葉なのだ。

因みに、この物語を論じる研究者は、キツネが使うこの“apprivoiser”という動詞をどのように解釈しているだろうか。一例として、稲垣直樹氏の見解を紹介してみたいと思う。稲垣氏はこの特異な動詞を次のように解釈し、位置づけている。

この語にサン=テグジュペリが独特の意味を籠めていることがすぐに分かる。これがcréer des liens「絆を結ぶ」という意味だとキツネが説明する。さらにキツネは、お互いに相手をかけがえのない存在であると認識しあうことだだと続ける。こうなると、人間同士の対等な関係を想定しているのであって、「(動物を) 飼い馴らす」や「(人を) 手なずける」などという主従関係ないし上下関係はあてはまらないことになる[1]。

また、ある程度教養のあるフランス人ならば、語の形から、すぐに語源的なこの語の成り立ちが思い浮かぶ。接頭辞 a＋古典ラテン語 privatusと、古典ラテン語にまで遡らないにしても、次のことくらいは字面を見ただけで分かる、ないしは想像がつくのである。つまり、接頭辞 a-は、「行為の方向・開始」を表し、privoiser部分は privé「個人的な」と関係が深いだろうと、と。すると、語源的には、「(相手を) 個人的なものにする」「(相手を) 自分の個人的な領域に入れる」となって、主従関係とか上下関係は必ずしも前提になっていないことが理解される[2]。

稲垣氏の解釈が正しいか否かは別にして、ここでは、そうした解釈に対し、敢えてそれとはまったく逆向きの解釈を提示しておきたいと思う。稲垣氏は、キツネをあくまでも善良な存在と見なしつつ議論を進めている。だが、そうしたキツネの性質を懐疑的に読み直してみたら、いったいどうなるだろうか。

稲垣氏が述べているように、キツネは“apprivoiser”という動詞の意味を尋ねられたとき、それは「絆を結ぶ・きずなを作る」ことだと説明する。それが「お互いに相手をかけがえのない存在であると認識し合う」という意味であるなら、キツネは確かに、心から王子と友だちになることを望んでいるのかもしれない。だが、疑問は拭い去ることができない。では何故、王子が三度も同じ質問をした末に、キツネはようやくそのような答えを捻り出すことになるのか。キツネはおそらく、“apprivoiser”という、王子に理解することのできない動詞——キツネの策略を体現する動詞——を使ったことで、却って窮地に追い込まれていると思われるのだ。キツネが咄嗟の判断で考えたのは、“créer des liens”という言い換えだった。キツネとしては、上手い表現だと思ったかもしれない。だが、実はこの“liens”という語にも、キツネの思惑を暴き出すような大きな落とし穴が潜んでいる。この語には「絆」という意味に加え、「拘束・束縛」という意味があるからだ。この語が「絆」ではなく、「拘束・束縛」という意味で機能するなら、“créer des liens”という表現そのものが、王子が考えている「友だち」になるという概念から遠く隔たったものになってしまうだろう。それは「絆を結ぶ」という意味から、「拘束を作り出す」という意味に容易く転換されてしまうからだ。つまり、それは決して「人間同士の対等な関係を想定」するものではなく、まさに「主従関係・上下関係」を示唆する表現として機能することになるのである。

さらに言うなら、稲垣氏からの二つ目の引用内容にも、同様な疑念を覚えざるをえない。“apprivoiser”という動詞に関わる語源的な分析については、とりあえず評価を差し控えたいが、この動詞を「（相手を）自分の個人的な領域に〔引き〕入れる」という意味で解している点については、積極的に同意したいと思う。稲垣氏の「個人的な領域に入れる」という説明を目にしたとき、直ちに思い浮かぶフランス語の熟語表現がある。“à la portée de…”（〜の射程内に）――逆の表現は、“hors de (la) portée de…”（〜の射程外に）――である。“portée”という名詞は、「射程距離」、「理解の及ぶ範囲」、「影響力」、「レヴェル」などを意味する。つまり、“se mettre à la portée de…”と言えば、「〜の能力範囲・理解力・影響力・レヴェルに合わせる」という意味になる。つまり、この表現には、相手のレヴェルに自分を合わせ、物事が円滑に進むように促すといったニュアンスがあるのだ。本質的に対等ではない存在が出会った瞬間に表出する表現だと言えるだろう。したがって、そこには知力だけではなく、稲垣氏が否定する「主従関係とか上下関係」といった（権）力的な要素が少なからず反映されている。例えば二人の人間が出会った際、相手の「射程距離」に引き込まれるか、相手を自分の「射程距離」に引き込むかは、その時々の力関係によって決定されることになるだろう。王子が出会う様々な相手との関係についても、それは常に問題になる。キツネとて無論、例外ではない。いや、最も注意すべき相手と言うべきだろう。
ところで、ここでわざわざ“à la portée de…”という表現に話を向けたのは、それが大人と子どもの能力関係・力関係を示唆する印象的な言い回しとして、この物語に登場するからである。それは、物語が開始された直後の、語り手の文章の中に現われる。幼い頃から大画家になることを夢見ていた語り手は、自分の描いた、ボアがゾウを消化している絵を大人たちに見せる。だが、彼らにはその絵が露ほども理解できない。彼らはそこに描かれているものを「帽子」と取り違えただけではなく、語り手が画家になる夢を執拗に打ち砕こうとするのだ。実利的な知識（地理、歴史、算数、文法）と芸術的な才能（絵画術）が対置される重要な場面だが、大人たちの意見と圧力に押し切られた語り手は、結局、目指していた画家の道を諦め、飛行機の操縦士という職業を選ぶことになる。だが、語り手はすごすごと画家になる夢を捨てたわけではない。結果的にはそうなってしまったけれど、彼なりに精一杯奮闘したのだ。“à la portée de…”という表現は、大人たちへのそうした奮闘を描く文章の中に現われる。

少しばかりものわかりのよさそうな人に出会うと、まだ取ってあった作品第一号を見せて実験してみた。本当にわかる力のある人かどうか知りたかったから。でも返ってくる答えはいつも一緒だった。「帽子でしょ」そういわれるともう、ボアのことも原生林のことも空の星のことも話す気がうせた。相手に調子を合わせるしかない〔Je me mettais à sa portée〕。ブリッジだのゴルフだの、政治だのネクタイだの。すると相手のおとなは、じつにものがわかった人と知り合いになれたといって、すっかり満足なのだった。（11・一〇）

先に説明したように、ここで「相手に調子を合わせる」と訳されているのは、“se mettre à la portée de…”という熟語表現である。それは相手の「理解力・影響力・レヴェルに合わせる」ことを意味する。つまり、能力的には優れているのに、まさに「主従関係・上下関係」のような（圧）力に合わせる形で、相手に譲歩あるいは屈服しているということなのだ。

幼少の語り手が選ばざるをえなかった、この「相手に調子を合わせる」こと。それこそがまさに、あのキツネの十八番とも言うべき動詞“apprivoiser”が遂行する籠絡の原理ではないだろうか。だが、そうした原理は、ある意味、常に相互的に作用する。「飼い慣らす・手懐ける」ことは、相手を自分の領分に引き入れながら、同時にまた、我知らず相手の領分に引き入れられることを含意する、極めて危うげな所作なのだ。したがって、稲垣氏の言う「（相手を）自分の個人的な領域に入れる」という行為は、「主従関係とか上下関係」と決して無縁ではあり得ない。それは、むしろ逆に、主従関係や上下関係の錯綜的な反転を誘発しかねない緊張した仕草と考えるべきなのだ。

大多数の読者はこれまで何故、キツネが完全に善良な存在であり、王子と真の友情で結ばれている、と解釈してきたのだろうか。それは偏《ひとえ》に、キツネの話術に起因している。キツネは相手が疑いなく正論と解するような言明と、それに反する言明を、いとも狡猾・巧妙に織り交ぜ、熱弁を組み立てているのだ。そして、さらに言うなら、「たのむよ……。ぼくをなつかせてくれよ！」と懇願していたはずのキツネも、王子との実際的な遣り取りになると、完璧に主導権を握っている。表面的には「飼い馴らされる」素振りを装いながら、実は王子を籠絡し、飼い馴らそうと企んでいるのだ。つまり、この時のキツネは王子との関係を完全に反転させ、自らを「飼い馴らす」側――“apprivoiseur”――に位置づけている。そして、そうした反転効果は、キツネの巧みな説明を聞いた後の、王子の無邪気とも言える反応に明瞭に現われている。

「だんだんわかってきた」とちいさな王子はいった。「お花が一輪あってね。そのお花、ぼくのことを、なつかせてくれたんじゃないかな……」（68・一〇五―一〇六）

方的にキツネの長広舌を聞かされることになるのだ。

も、瞬時に明解な説明をしてもらえなかった王子は、その後もほとんど一王子にはその話術がない。「飼い馴らす・なつかせる」という表現についてこ相手を「飼い馴らす」には、巧みな話術が必要である。だが、残念ながら、

キツネの言うことは、一見まっとうで、理に叶っているようにも見える。だが、少し注意深く耳を傾けるだけで、直ぐに、その不自然さや、胡散臭さに気づかされることになる。一緒に遊ぼうと提案した王子に対する、「きみとは遊べないな」、「だってぼく、まだなつかせてもらっていないもの」（67・一〇三）という唐突な言い回しはもちろんのこと、「なつかせる・飼い馴らす」という表現の説明を、いつまでもぐずぐずと引き延ばすキツネの態度には、誠意や友好性の気配を、かけらも感じ取ることができないからだ。

最初にキツネが切り出す「狩人」と「ニワトリ」の話も、受け流すように聞いている限り、別段、何の問題もないように思われる。それは、狩人、ニワトリ、そしてキツネが織り成す、日常のありふれた一光景に過ぎないと思えるからだ。だが、ここでもまた、ボアとゾウ、バオバブと大地、さらにはヒツジと花の間に生じる（かもしれない）、あの弱肉強食的な「暴力」、「戦争」の光景が、どうしても呼び覚まされてしまう。無論、ここではそのこと自体が特に問題なのではない。問題と思えるのは、そこで無意識的に前景化される、キツネの自己中心的な立ち位置だ。キツネの本音は、次の

ような王子との対話で、明確に示されている。


「その星には、狩人《かりゅうど》はいるの？」

「いないよ」

「ほう、そりゃいいなあ！　それじゃ、ニワトリは？」

「いない」

「なんでもかんぺきってわけには、いかないよなあ」とキツネはため息をついた。（68・一〇六）

キツネは確かに、狩人が村の娘たちとダンスする木曜日以外は、死の恐怖に怯えながら過ごさねばならない。それは大変な脅威だ。しかし、キツネもまた、それと同じ脅威をニワトリに突きつけているのだ。キツネは、そうした反転論理に気づいているだろうか。どうやら、そうは思えない。キツネは、自身が他の存在に及ぼす脅威に対しては、まるで無関心のようなのだ。先に紹介した、キツネとニワトリが登場するフランス語の慣用表現が示すように、キツネはまさにニワトリを籠絡し（“Le renard prêche aux poules”〔上手いことを言って騙す〕）――これは「飼い馴らす」仕草そのものである――、その生命を掠め取ろうと常に画策しているのだ。

王子との関係についても、キツネは理に叶った言明を繰り広げる。ただし、相変わらず、「飼い馴らす・なつかせる」という動詞を手放すことなく。

「〔……〕でも、きみは金色の髪の毛をしてるね。だから、きみがぼくのことをなつかせてくれたら、とってもいいと思うんだ！　麦も金色だから、麦畑を見ればきみのことが思い出せるでしょ。それにぼく、麦畑に吹く風の音がきっと好きになるよ……」（69・一〇七）

このように、キツネは飼い馴らし／飼い馴らされる関係だけに心を配ろうとしている。そしてそれは、キツネが思わず口にする “créer des liens”（絆を結ぶ／拘束を作り出す）という表現によって暴露されている。キツネは自身の言う「絆を結ぶ・きずなを作る」ことの意味についてこう説明しているからだ。

「きずなを作る？」
「そうだとも。ぼくにとってきみはまだ、たくさんいるほかの男の子たちとおなじ、ただの男の子でしかない。ぼくにとっては、きみがいなくたってかまわないし、きみだって、ぼくなんかいなくてもいいだろ。きみにとってぼくは、ほかのたくさんいるキツネとおなじ、ただのキツネでしかない。でも、もしきみがぼくをなつかせてくれるなら、ぼくらはお互いが必要になる。きみはぼくにとって、この世でたった一人のひとになるし、きみにとってぼくは、この世でたった一匹のキツネになるんだよ……」(68・一〇五)

キツネのこの説明は、王子を首尾よく納得させたようだが(「だんだんわかってきた」とちいさな王子はいった〔68・一〇五〕)、とても説得力があるとは思えない。キツネは二人の間に結ばれるはずの関係を、王子が求める「友だち」という言い方で表現することを最後まで頑なに拒んでいるからである。キツネにしてみれば、重要なのは王子と友だちになることではない。上辺だけ都合がよければ、それで十分なのだ。キツネが王子との間に維持しようとしている「飼い馴らし」の関係は、決して真の友情関係ではない。何故なら、キツネの言う「たった一人の人」と「たった一匹のキツネ」の関係は、両者の間だけで完結した独善的な関係、彼ら以外の人たち/キツネたちに遍く広がる可能性を断たれた、「他者」不在の関係に過ぎないからだ。真の友情関係とは、必ずしも、「お互いが必要になる関係」ではない。それは、相手がそこにいるだけで十分と思える関係でなければならないだろう。

キツネが「友だち」という語を連発する瞬間が一度だけある。それは、真剣に「友だち」を探そうとしている王子が、もう自分にはあまり時間がないとキツネに告げる時だ。

「自分でなつかせたもののことしか、ほんとにはわからないんだよ。人間にはもう、ものを知る時間なんてないんだ。店でできあいのものを買ってくるでしょ。でも友だちは店では売ってない。人間にはもう友だちなんていないんだ。きみがもし、友だちをほしいなら、ぼくをなつかせてくれよ！」（69・一〇八）

キツネのこの口舌は、いったい何を伝えようとしているのか。キツネが言うように、「友だち」は確かに「店では売って〔い〕ない」。だが、だからといって、「人間にはもう友だちなんていないんだ」という結論にはならないだろう。そもそも人間には「友だち」がいないと言いながら、キツネは何故「きみがもし、友だちをほしいなら」などと王子に提案できるのか。キツネの言い分は、たぶんこうだろう。この地球では王子と友だちになれる「人間」は一人もいない。だから、自分と「飼い馴らす・なつかせる」関係を結ぼう。しかしながら、王子には地球で「友だち」になれた「人間」が確実に一人存在する。それは言うまでもなく、語り手である飛行機の操縦士である。この事実は、決して否定されるものではないだろう。

幼い王子には、キツネが引き込もうとしている「飼い馴らし」の関係を、うまく理解することができない。キツネの巧妙・狡猾な言述に操られ、その論理に巻き込まれていくしかないからだ。どうすれば、キツネを「飼い馴らす・なつかせる」ことができるのか、と聞いた王子に、キツネはこう即答する。

「辛抱《しんぼう》がかんじんだよ。最初はぼくからちょっと離れて、こんなふうに、草むらにすわるんだ。ぼくはきみのことを横目で見るけど、なんにもいわないでね。ことばは誤解のもとだから。でも、毎日少しずつ、ぼくの近くにすわるようにして……」（69・一〇八）

これは本当に、「友情」を結ぶ際の純真な振る舞いだろうか。そうではないだろう。キツネが提案しているのは、相手の態度・反応に周到な注意を払い、いわゆる「腹の探り合い」——まさに、「飼い馴らし」の仕草——を展開することに他ならないからだ。ついでに言うなら、キツネはここでもまた、墓穴を掘っていると言わざるをえない。「ことばは誤解のもとだから」と言いながら長広舌を奮っているのは、王子ではなく、キツネの方だからだ。

「飼い馴らす」という行為が、相手に「拘束・束縛」を強要することについては、既に説明したが、キツネが王子に提案する「飼い馴らし」については、絶対に欠かせない鍵言葉が一つ存在する。邦訳では「きまり」（内藤訳）、「習慣」（池澤訳）、「ならわし」（河野訳）、「決まり事」（野崎訳）などと訳されている、“rites”という語である。この語には「慣習」、「しきたり」といった日常的な意味のほか、厳密な決まり事を伴う「祭儀」、「儀式」、「典礼」といった意味がある。“rites”とはつまり、相手の行為を隅々まで制約し、厳格な「拘束・束縛」を強いるものに他ならない。「決まり事」は相手に対し、常に同一の行動パターンを強要する。しかも、自分の都合のいいように。

「おなじ時間にきてくれたほうがよかったなあ」とキツネはいった。「たとえばもしきみが、午後四時にくるとするでしょ、そうするとぼくは三時にはもううれしくなっちゃう。時間がたつにつれ、うれしさもふくらむ。四時にはすっかりわくわくして、おちつかなくなってるさ。しあわせってどんなものかが、わかるんだよ！　でも、きみがいつくるかわからないと、ぼくは何時に心の準備をしたらいいのかわからないでしょ……。決まり事がいるんだよ」（69―70・一〇八―一〇九）

この「決まり事」という言葉も、「飼い馴らす・なつかせる」と同様、子どもには聞き慣れないものである。王子が「決まり事ってなに？」（70・一〇九）と聞くのも、定めし当然であろう。キツネは子どもの王子に対し、相手の理解が及ばない言葉や、もっともらしい哲学的口舌（「大切なものは、目には見えない」というのは、いわばその見本と言えよう）を繰り出すことで、自分が王子の「友だち」になったと錯覚させてしまう。純真な王子は、結局最後まで、キツネの思惑に晒され、「飼い馴らされた」状態に留め置かれるのだ。王子のそうした心情は、彼が最後にバラの花たちに向けて発する、次のような――ある意味、酷薄な――言明によく現われている。

「きみたちはぜんぜん、ぼくのバラには似てないよ。ぼくにとってきみたちはまだ、なんでもないんです。だれもまだ、きみたちをなつかせてないし、きみたちだって、まだだれのことも、なつかせていない。ぼくのキツネが、はじめはそうだったのとおなじだね。最初はほかのたくさんいるキツネとおなじ、ただのキツネでしかなかったんだ。でもぼくらは友だちになった。いまではそのキツネは、この世でたった一匹のキツネなんだよ」

バラたちは困ったような顔をした。

「きみたちはきれいだけど、でもからっぽなんだよ」ちいさな王子はさらにつづけた。

「きみたちのためには死ねない。そりゃ、通りすがりの人にとっては、ぼくのバラもきみたちと区別がつかないだろうね。でも、きみたちみんなを集めたより、あの一輪のバラのほうが大事なんだよ。だってぼくが水をあげたのはあのバラなんだもの。ガラスケースもかぶせてあげた。

ついたても立ててあげた。毛虫だって退治してあげた(チョウチョになれるように、二、三匹は残しておいたけど)。ぐちだって、自慢話だって聞いてあげたし、何もいわないときだっていっしょにいてあげたんだ。だって、ぼくのバラなんだもの」(72・一一一―一一二)

ともすると、ほとんど気にせずに読み流してしまいそうな一節だが、ここには、「飼い馴らす」という動詞によって、すっかりキツネに感化されてしまった王子がいる。バラたちの困惑顔は、それを如実に示しているとも読める。王子は自分が水をあげた一輪のバラだけが大切だと主張する。他のバラたちは、彼のバラには「似ていない」し、「からっぽ〔vides〕」だというのだ。目の前のバラたちはまだ、誰も飼い馴らしていないし、だれにも飼い馴らされていない、というのがその理由らしい。先に触れた表現を使うなら、彼のバラ以外のバラたちは、まだ彼の「射程距離内に〔à sa portée〕」いないということだろう。しかし、相互的な「飼い馴らし」の関係は、王子とバラを、はたして幸福にするだろうか。とうてい、そうとは思えない。友愛とは、二つの存在の間で自己完結するものではなく、その「外部」にまで及ぶものとして、思念されなければならないからである。友愛は、自分に馴染みのあるものとは異質な「他者」たちに対しても、その射程距離を広げていかなければならない。友愛とは、「似た者同士」の間だけに芽生える

「馴れ合い」の情・関係ではない。自分のバラとは似ていないバラたちも射程内に取り込むような、厳しくも寛容な情・関係でなければならないのだ。

王子が口にする「きみたちのためには死ねない」という言葉は、彼の年齢を想定すると、かなり衝撃的だ。友愛の問題に対し、自身の「死」を持ち出す少年とは、はたして何なのか。あまりに唐突で、その真意を探るのに、ただただ困難を覚えるばかりだ。キツネに誑《たぶら》かされた王子は、狂熱のあまり、束の間、常軌を逸してしまったのだろうか。

王子が一輪のバラのために為したことを列挙する引用最後の部分にも、純真な王子らしからぬ違和感が漂う。一言で言うなら、王子の言明は、ことごとく恩着せがましいのだ。自分が相手に対して為したすべてのことを、「……してあげた」というニュアンスの言い方で吐き出す王子からは、王子とバラ双方にとって必要と思われる「対等性」の感覚が一切感じられない。王子は彼のバラに対して、常に優位・上位の立場にあるのだ。それは「友愛」ではなく、まさに「飼い馴らし」の関係と言ってよいだろう。揚げ足を取るようだが、王子はバラのために殺生さえ犯している。僅かな数かもしれないが、毛虫を退治しているからだ。つまり、王子が憂えていたヒツジとバラの「戦争(guerre)」に似た事態は、王子と毛虫の間でも生じていたということになる。

物語に登場する者(もの)たちが、完璧な性質をそなえているなど、望めることではないし、また望むべきことでもない。それは、この物語についても同様であろう。純真さの象徴のような存在と見なされがちな王子も、無知や欠点と無縁ではありえないのだ。

そして、同じことはまた、作者の分身とも思われる語り手についても言えるだろう。砂漠で飛行機が故障してから八日目、「ぼくの友だちのキツネがね」と話し出した王子に対し、「おいおい、キツネどころじゃないだろう」(76・一一七)と答える語り手は、キツネの狡猾さのようなものを意識しているかに見える。しかし、そうではない。語り手は、キツネお得意の動詞「飼い馴らす・なつかせる」を抵抗なく使用し、「こうして、ちいさな王子はキツネをなつかせていったんだ」(70・一〇九)と満足そうに述べているし、最後には、キツネとまったく同じ言い草を展開し、王子に感謝されてさえいるからだ。

「そうだね」とぼくはちいさな王子にいった。「家でも、星でも、砂漠でも、その美しさって、目に見えないものだね」
「うれしいなあ、ぼくのキツネとおなじことをいってくれて」(78・一二〇)

キツネが巧妙に使用したと思われる「飼い馴らす・なつかせる」という言

葉は、双方の間に「友情・友愛」の関係をもたらすようなものではない。それは、いつしか相手を自分の「射程距離」内に取り込み――あるいは、自ら相手の「射程距離」内に入り込み――自分にとって都合のよい、馴れ合いの関係を築き上げることを意味している。キツネの忠告にもかかわらず（「ことばは誤解のもとだから」）、その言葉を無邪気に信じてしまった王子も純真だが、ひょっとしたら、キツネにもまた、王子とは違った意味の純真さがあったのかもしれない。敢えて「友だち」という言葉を使用せず、王子に「友だち」になろうと言わなかったキツネにも、キツネなりの正直さ・誠実さのようなものが具わっていたと思念されるからである。キツネが心底邪悪な存在かと問われたら、それを首肯するのはなかなか難しい。キツネは、王子の身を危険に晒すような真似を一度もしていないからである。王子に十分な時間があったなら、キツネとの関係は、その後どう変わっていっただろうか。それについては、誰も知ることができない。王子には、運命のとき、星に帰る（死の世界に戻る）瞬間が、刻一刻と迫っていたからである。

【註】

（1）稲垣直樹『「星の王子さま」物語』、平凡社、二〇一一年、一四三頁

（2）同書、一四三―一四四頁

9　ヘビは邪悪な生き物なのか

キツネの場合と同じく、ヘビという生き物にも特段の非があるわけではない。ヘビに腹黒いもの、忌むべきものの烙印が押され続けてきたのは、人間の「文化」なるものが、長い年月をかけて、この生き物に悪しきイメージを背負わせ続けてきたからに過ぎない。『旧約聖書』の失楽園に関する件《くだり》に、イヴ（エヴァ）を唆し、禁断の木の実を食べさせる生き物として登場するヘビは、狡猾な誘惑者、そして人間の楽園追放を準備した存在と見なされている。そこで、「ヘビ（serpent）」という単語にもまた、「キツネ（renard）」の場合のように、様々なマイナス価値が付与されることになる。「ヘビ」という名詞は、比喩的に「邪悪な人」、「腹黒い人」、「意地の悪い人」、「誘惑者」、「陰険な言動」、「危険なもの」などを意味するだけでなく、「キツネ」の場合にも似た、負の意味合いを帯びる様々な熟語を生み出してきた。"ruse de serpent"（「非常な狡知」）、"langue de serpent"（「毒舌［家］」）、"avoir la prudence [la ruse] du serpent（「非常に抜け目がない・狡知にたけている」）、"un serpent caché sous les fleurs"（「魅惑的な外見の下に隠された危険」）、"réchauffer un serpent dans son sein"（「恩知らずの者に親切を施す」）等々。ヘビは形状的にも種別的にも、キツネよりはるかに人間と懸け離れた生き物であるため、とりわけ危険で、おぞましい存在と捉えられてきたのかもしれない。では、この物語に登場するヘビは、どうであろうか。

物語冒頭で語られる、語り手が幼少時に描いた絵の中にも、「ボア」という大蛇が既に登場しているが、ヘビは、王子が七番目の星（最後の星、地球）で出会う最初の生き物である。

さて、地球上に到着したちいさな王子は、だれもいないのでびっくりした。ひょっとして星をまちがったかなと心配になってきたときに、砂のなかで、お月さまの色をした輪っかが、すっと動いた。（59・九一）

ヘビは、地球の外から来た王子を、あたかも地獄の門番のような形で地球に招じ入れる、象徴的な存在と言えるだろう。ヘビはその後、地球での滞在を終えた王子が、自分の星に戻っていくときまで、王子の前に二度と姿を現わさない。ヘビはつまり、地球という「生」の領野に立ち入る王子をその入り口で保証・確認し、最後にはまた、「死」の領野に帰還する王子をその出口で保証・確認するという役割を担っているのだ。語り手は、王子が野生の鳥たちに曳かれて地球にやって来たと推測している。すると、王子が星に無事帰還することを可能にしているのは、このヘビということになるだろう。ヘビは、束の間とも言える王子の地球での所作に期限を与え、「生」と「死」の間を往還する王子の「旅路」を見守っているのだ。

王子がヘビと言葉を交わすのは、ほとんど最初に出会った時だけである。ヘビは謎めいた仄めかしをすることもあるが、その言明に言い訳や腹黒い思惑が覗くことはない。無論、キツネのように多弁・雄弁でもなければ、「飼い馴らす・なつかせる」、「絆・拘束」、「決まり事」といった、王子が理解に苦しむような言葉を口にすることもない。多少ぶっきらぼうな嫌いはあるものの、その表現は至って明解・的確である。具体的に見ていくことにしよう。

砂の中で、月のような「輪っか＝ヘビ」が動くのを見た王子は、自らその生物と思しきものに声をかける。「こんにちは」と最初に声をかけてきたキツネとは対照的である。


「こんばんは」ちいさな王子は念のため、あいさつしてみた。

「こんばんは」輪っかのようなヘビがこたえた。

「ぼく、なんという名前の星に落ちてきたんだろう？」

「地球だよ。ここはアフリカ」とヘビがいった。

「へえ！……じゃあ、地球にはだれもいないの？」

「ここは砂漠だからね。砂漠にはだれもいないよ。地球はおおきいんだ」

（59―60・九一）


ヘビの返答は至って簡単だが、王子の問い掛けには的確・簡明に応じている。

そこには、キツネとの遣り取りにおける不自然さのようなものは、些かも感じられない。王子とヘビの間には、「友だち」になる、ならないといった厄介な議論もなければ、相手の心を執拗に詮索し、牽制し合うような雰囲気もない。王子の方には、この見慣れぬ生き物と長らく語り合う気はないように見える。そして、ヘビはと言えば、自分に与えられた使命を最初から承知しているかのようなのだ。

　先の引用においてもし留意すべきものがあるとすれば、「地球にはだれもいないの？」と尋ねた王子に対してヘビが付け足し的に発する、「地球はおおきいんだ」という言葉かもしれない。既に何度も強調する機会があったように、この物語の結構・骨組みは、一貫して「大きなもの」／「小さなもの」という対立的な図式の上に成立している。無論、その呼称が体現するように、王子にとって大切なものは常に「小さなもの」の側にある。あのゾウを飲み込む「ボア」にしても、子どもの気持ちが理解できない「大人たち」にしても、王子を落胆させ、悲しみの淵に追い遣るのは、決まって「大きなもの」なのだ。では、ヘビが口にした「地球はおおきいんだ」という言葉は、いったい何を暗示しているのか。「大きなもの」がこの物語において常に負の価値を背負っていることを考えるなら、「地球は大きい」という、この一見何気ない言葉の中にも、そうした価値観が表出している可能性は十分あるだろう。つまり、今ヘビが生きている地球は、決して平穏でもなければ、優しいものでもないということだ。この辺りの事情を探るため、王子とヘビの遣り取りをさらに追ってみることにしよう。

ちいさな王子は岩に腰をおろして、空をながめた。

「星が光ってるのは、だれでもいつか、自分の星が見つけられるようにするためなのかなあ。ぼくの星をみてごらんよ。ちょうど頭の上にある……。でも、なんて遠いんだろう！」

「きれいな星だね」とヘビがいった。「ここには、何をしにきたんだい？」

「お花とのあいだがこじれちゃったんだよ」

「ふーん！」

そこで二人はだまった。

やがて、ちいさな王子がまた口をひらいた。

「人間はどこにいるの？　砂漠って、ちょっとさびしいところだね……」

「人間たちのところにいたって、さびしいさ」（60・九一―九二）

ヘビが口にする「きれいな星だね」という言葉には、素直な実感が滲み出ているような気がする。そこには、「この地球とは違ってね」といったニュアンスさえ感じ取れるかもしれない。そして、それに続く「ここには、何をしにきたんだい?」」という問いには、「あんなに綺麗な星を離れて、何でわざわざこんな所までやって来たの」といった含みが、たぶん伴っている。だから、「お花とのあいだがこじれちゃったんだよ」という王子の返答を耳にし、ヘビはかなり驚いたに違いない。「ふーん!」と言ったきり、黙ってしまうしかなかったのだ。ヘビは考えたのかもしれない。王子の星にも、この地球と同じように、諍《いさか》い事(戦争)があるのだと。その後、再び王子から発せられた質問に対しても、ヘビの答えは陰鬱で消極的である(「人間たちのところにいたって、さびしいさ」)。

この「寂しさ」は、いったいどこから出来しているのだろう。ここで展開される王子の物語が虚構であることは、無論言うまでもない。だが、この物語が一九四三年にアメリカで刊行されたとき、作者も、周りの多くの人々も、第二次世界大戦の最中で呻吟していた。そうした事態を最も明確に示しているのが、親友レオン・ヴェルトに捧げられた献辞にある、「そのおとなはフランスにいて、いま飢えと寒さに苦しんでいる。とてもなぐさめを必要としているんだ」(7・五)という一節だろう。長らく、子ども向けの童話のように解釈され、読まれてきたこの物語が、その本質的な部分に「戦争(guerre)」というテーマを内在させていることについては、先に強調したとおりだが、王子がヘビやキツネ、そして語り手と出会ったとき、地球が戦争の最中にあったと考えるのは、それほど不自然なことではないだろう。王子とヘビの間で交わされる、あまり弾まない会話も、そうした状況を反映しているのではないか。では、そのとき、地球で生じていることをほとんど理解していない王子に対し、ヘビはどのように対応すればよいのか。ヘビは沈黙したまま、王子の次の質問を待つことにする。

王子は「ヘビをまじまじと見つめてから」、「きみはふしぎな動物だねえ。指みたいにほそくって……」（60・九四）と、相手に話しかける。すると、ヘビはおもむろに、自身の役割を語り始める。それはまさに、物語の終焉を暗示する決定的な告白と考えてよいだろう。だが、王子には、ヘビの言葉をよく理解することができない。それは彼にとって、予測のつかないほど謎めいていたからだ。

「でもぼくは、王様の指よりも力があるんだぞ」

ちいさな王子はにっこりした。

「あんまり強そうじゃないなあ……。足もないし……。旅行だってできないだろう」

「きみをのっけて、船よりも遠くまで行けるぜ」とヘビはいった。

ヘビはちいさな王子の足首に、金色のブレスレットみたいに巻きついた。

「ぼくはね、触った人を、もとの土に還《かえ》してあげるんだ。でも、きみは純粋だし、星からやってきたんだしなあ……」

ちいさな王子は何も答えなかった。

「きみはかわいそうだね、そんなに弱々しいのに、岩だらけの地球なんかにやってくるんだもの。もしそのうち、自分の星がなつかしくてたまらなくなったら、ぼくが力になってあげるよ。ぼくの力さえあれば……」

「ああ、よくわかったよ。でもどうしてきみは、謎みたいなことばかりいうんだい？」

「その謎をみんな、ぼくが解いてやるのさ」とヘビはいった。

そして二人はだまったんだ。（60―62・九四―九五）

「ああ、よくわかったよ」とは言うものの、王子はヘビの真意をほとんど理解していない。ヘビは、もし王子が自分の星に戻りたくなったら、自分にしかできない使命を忠実に果たそうと提案しているのだ。それは、言うまでもなく、王子を再び「天国」――「死」の領野――に送り戻すことに他ならない。ヘビには露ほどの邪悪さも残酷さもない。この「指みたいにほそくって」、「あんまり強そうじゃない」生き物は、王子を「死」の領野に再び生還させることのできる、唯一の生き物なのだ。ヘビは決して邪悪な存在ではない。それは、王子には謎めいたものと感じられる、ヘビの考え抜かれた修辞表現によく表われている。そこには、直接的にも間接的にも「死」を予感させるような要素はほとんど存在しない。「もとの土に還す〔rendre à la terre〕」と訳されている個所には、確かに「葬る（mettre [porter]en terre）」といったニュアンスも付きまとうが、“rendre à la terre”とは文字どおり、「（特定の）土地・場所に帰してあげる」と解するのが自然であろう。王子に向けられるその他の表現は、すべてが至って優しく、穏当である。「きみをのっけて、船よりも遠くまで行けるぜ」、「きみはかわいそうだね、そんなに弱々しいのに、岩だらけの地球なんかにやってくるんだもの」、「ぼくが力になってあげるよ」……。ヘビは王子の星を「きれいな星」だと言い、「きみは純粋だし、星からやってきたんだしなあ……」と囁く。地球と王子の星を対照的に捉えている証拠だろう。ヘビは何があっても、王子が純粋に暮らせる小さな星に、彼を還してあげたいと考えているのだ。だが、そこにはたぶん、ヘビだけが弁《わきま》えている真の「謎」がある。それは、王子が「死」の領野からやって来た存在だということだ。王子はこの滞在に期限があることをたぶん感じ取っている。だが、王子には、ヘビの発するメッセージすべてが、どうしても「謎」に聞こえてしまう（「でもどうしてきみは、謎みたいなことばかりいうんだい？」）。ヘビの口から毅然と発せられた「その謎をみんな、ぼくが解いてやるのさ」という、いかにも最後通牒のような言葉には、王子に「謎」の真意を幾ばくか悟らせるような力があったかもしれない。それは、両者を沈黙させるほど、厳かであり、また残酷でもあったからだ。

王子の地球での行動は、こうして開始される。そして、その後、友だちを求めて、一輪の花、高い山、バラの花たち、キツネ、線路のポイント係、新しい薬を売る商人らとの出会いを重ね、最後に、砂漠で飛行機が故障してから八日目の語り手と出会うことになる。

時は瞬く間に過ぎ去る。王子は、一年前に旅立ってきた自分の星に、再び還る時を迎えるのだ。

「今夜でちょうど一年になるんだ。ぼくの星は、去年ぼくが落ちてきた場所の真上にやってくるんだよ……」（86・一三四―一三五）

王子に与えられた地球での滞在期間は一年だったことが分かる。それ以上でも、それ以下でもない。それは最初から決められていたのだ。語り手が仕事（飛行機の修理）を終えて戻ってくると、王子は井戸の横の崩れかけた石壁の上に座り、足をぶらぶらさせていた。王子は誰かと話している様子だ。だが、語り手には相手の姿も見えないし、声も聞こえない。そのとき、王子はこう言う。「きみの毒、よくきくんだろうねえ？　ぼく、あんまり長いあいだ、苦しまずにすむよね？」（84・一三〇）。王子のこの問いかけを聞いたとき、語り手は、壁の足元に、王子に向かって頭をもたげる一匹のヘビがいることに気づく。そして、すっかり元気を失くしてしまっていた王子は、語り手の首に弱々しく両腕を巻きつけたまま、こう言う。

「よかったね、きみの機械のわるいところが見つかって。もうすぐおうちに帰れるよ……」

「どうしてそんなことを知ってるんだ?」

まさにぼくは、だめだとあきらめていた修理の作業が、うまくいったんだよと、知らせにやってきたところだった。

王子はぼくの質問にはなにも答えずに、つづけていった。

「ぼくもきょう、おうちに帰るんだよ……」

それから、悲しげな調子でこうもいった。

「きみの家より、もっとずっと遠いからなあ……。ずっと大変なんだよ……」

何かとんでもないことが起こったのだという感じが、ひしひしとした。ぼくは王子を幼子《おさなご》のように、ぎゅっと抱きしめていたけれども、この子は深い淵をまっさかさまに落ちていって、引きとめようもないのだと思えてならなかった……。(84—86・一三一—一三三)

こうして、語り手と王子は、最初から決められていたかのように――あるいは、王子には始めから分かっていたかのように――、まさに同じ日に、それぞれの「おうちに帰る」ことができる。しかし、その方向はまったく逆である。語り手は、砂漠での「死」を逃れ、「生」の世界へと立ち戻って行くだろう。だが王子は、地球という「生」の世界を離れ、再びまた「死」の領野――王子が本来暮らしてきた世界――に還って行くのだ。王子の地球での一年は、あくまでも期限付きの「生」を与えられたものに過ぎないからである。

地球に来るときにも、野生の鳥たちの助けを借りたように、王子には旅立ってきた星に自力で還って行くことはできない（「わかるでしょう。遠すぎるんだよ。あそこまでこの体を運んではいけない。重すぎるんだよ」〔89・一三九―一四一〕）。それには、王子の労苦を一瞬で断ち切り、彼をまた、あの「きれいな星」に送り届けてくれる存在がどうしても必要になる。そして、それを可能にしてくれるのが、まさにヘビなのだ。王子も、そのことは十分に理解している。「坊や、ヘビだの、待ち合わせだの、星だのって、みんなただの悪い夢なんだろう……」（86・一三五）という語り手の質問に対し、王子は何も答えない。それが、紛れもない現実だからだ。

地球での「生」を断ち、「死」の領野である、あの「きれいな星」での「生」に再度王子を立ち返らせるのは、ヘビの猛毒だ。それは否定することができない。だが、王子には、ヘビに対する信頼感のようなものを確実に感じ取ることができる。星への帰還という一瞬の出来事を首尾よく実現させてくれるのは、地球上で出会った、たった一匹のヘビしかいないからだ（「きみの毒、よくきくんだろうねえ？　ぼく、あんまり長いあいだ、苦しまずにすむよね」［84・一三〇］）。王子が繰り返し語り手に囁く次のような言葉にも、「生」と「死」の両界を往還する、たぶん語り手には理解できない王子の立ち位置が表現されている。

「ぼく、苦しそうに見えるかもしれない……。なんだか死にそうに見えるかもしれない。でもしかたがないんだ。そんなの、わざわざ見にくることないからね」（88・一三八）

「きちゃだめじゃないか。つらくなっちゃうよ。きっとぼく、死んだみたいに見えると思うけど、でもそうじゃないんだからね……」（89・一三九）

「でも、古い皮をぬぎすてるようなものなんだからね。ぬけがらだと思えば、悲しくなんかないでしょ……」（89・一四一）

こうして王子は、ヘビの協力のもと、物音ひとつ立てることなく、また小さな星へと還って行く。それは残酷さとは程遠い、一コマの静謐な映画シーンのように、読者の心に深く焼き付けられることだろう。

王子の足首に、一瞬、黄色い光が走っただけのことだった。王子は少しのあいだ、じっと動かずにいた。叫び声もあげなかった。そして木が倒れるみたいに、ゆっくりと倒れた。砂のせいで、音さえたてることなしに。（91・一四三）

10　対一者から複数の他者たちへ

王子は、極めて不思議な世界に暮らしていた。話し掛けることができる相手は、一輪の花以外、おそらく何一つ存在しない。そこは、言葉さえ必要ないかもしれないような孤絶した世界、いわば「対一者」の世界だったのだ(「何をいったかなんてどうでもよかったのに」[33・四九])。王子はだからこそ逆に、唯一言葉を交わすことのできる花を大切にしなければならなかった。だが残念ながら、幼い王子には、そうした状況を切実に理解する感性がまだ欠けていた。それは王子に言わせれば、「あのころ、ぼく、なんにもわかっていなかったんだなあ!」(33・四九)ということになるだろうし、花に言わせれば、「あなただって、わたしに負けないくらいお馬鹿さんだったのよ」(36・五二)ということになるかもしれない。王子は花の言うことをひたすら「ちぐはぐ〔contradictoires〕」(33・四九)だと捉え、まったく聞く耳を持たなかった。互いに心を通わすことができなかった王子は、花に対してたちまち猜疑心を覚え(「お花のいうことなんか、聞いちゃだめだったんだ」[33・四八])、結果的に星を後にすることになる。

星を離れた王子は、その後六個の星を訪れ、地球にやって来るが、途中で立ち寄ったそれぞれの星においても、王子と住人の対話形式は、本質的にほとんど変わらない。王子が立ち寄り、言葉を交わす人間は、どの星においても一人だけであり、「対一者」の世界という状況は維持されたままなのだ。つまり、言葉の遣り取りが行なわれるのは、王子と相手方(王様、うぬぼれ屋、のんべえ、ビジネスマン、点灯係、地理学者）の間だけに限られ、話題・議論がその外部に広がって行くことはない。なるほど、確かに形だけは「独話」の状況を脱しているが、そこで展開される遣り取りは、およそ「対話」と呼べるような代物ではない。とりわけ、うぬぼれ屋と、のんべえとの話は、時間の無駄遣いと言ってもよいくらいのもので、ほとんど長続きしない。王子が点灯係と地理学者を除いた四人との話を終え、立ち去る際、決まり文句のように口にする「おとなって、ほんとに変わってるなあ」という述懐には、双方の間で為された遣り取りの不毛さが如実に表現されている。では何故、点灯係と地理学者は、そうした述懐を免れたのだろうか。その理由は、テクストに明確に刻み込まれている。先ずは王子が六個の星を経めぐるなかで、「ぼくが友だちになれた、たったひとりの人」（53・八〇）と称した点灯係。彼について王子はこう述べている。

（［……］でもぼくには、あの人だけはこっけいに思えなかった。それはきっと、あの人が自分以外のもののことを気にかけていたからなんだ）（52・八〇）

そして地理学者。彼は、王子が星に残してきた花——星における、王子の唯一の対話相手——の儚さ・大切さを偶然にも再確認させてくれる。

（ぼくのお花、はかないものなんだ）とちいさな王子はつぶやいた。

（しかも世界から身を守るために、四本のとげしか身につけていない！

それなのにぼく、ひとりぼっちで星に残してきてしまったんだ！）

そのとき王子は初めて、後悔の気持ちがわいてきた。でも王子は気をとりなおして、地理学者にたずねた。

「先生、ぼくこれからどこに行ったらいいでしょう？」

「地球という星に行きたまえ。評判のいい星だからね……」

そこでちいさな王子は旅立った。自分の花のことを考えながら……

（56—57・八六—八七）


点灯係、地理学者に共通しているのは、自分以外の存在——「他者」——を思いやる優しい心根だ。このとき、王子の感性はそれに繊細に反応している。地理学者が王子に最後の行き先を提案するのも、あながち偶然とは言えないだろう。地球が「評判のいい星」であるかどうかは別にしても……。

地理学者の提案に応じて地球にやって来た王子だが、降り立った砂漠は、これまでめぐってきた六個の星以上に寂しく、まともに対話を交わす相手など一人もいないように思われた。王子の前に最初に登場するのはヘビだが、それは地球に王子を出迎え、最後にはまた星に送り還す役割を負った沈着・冷静な生き物だ。寡黙で謎めいたヘビの性質に加え、王子とヘビの間に介在し、口を挟むような者など誰一人存在しない。次に出会う花も、たった一輪であり、大した言葉が交わされるわけでもない。花が教えてくれるのは、周りにはほとんど人間がいないということだ(「人間ですか？　たぶん、六人か七人はいるでしょうね。何年かまえに見かけましたよ。でも、どこにいるのかなんて知りません」[62・九六])。だが、王子はそれでもなお旅を続け、こだましか返してくれない高い山に語りかけたり、咲き乱れる五千本ものバラたちに挨拶したりする。しかし、そのバラたちが口にするのは「こんにちは」、「わたしたちはバラですよ」(64・一〇〇)といった、ほとんど対話にもならないような言葉に過ぎない。

次に現われたキツネは、王子にとって、まさに救世主のような存在と思われたかもしれない。なにしろ、「こんにちは」と、初めて相手の方から話し掛けてくれたからだ。その後のキツネの口振りは淀みなく饒舌であり、この二人について語られる章(第21章)には、ハイライトとも言える王子の帰還を描く章(第26章)を除けば、最も多くの頁が割り当てられている。物語中で、キツネは王子と最も長く話をする動物であり、その影響力は計り知れない。ここには、他の相手との間には見られない、濃密な「対話」が展開されているように思われる。だがキツネは、良き対話者にとって必要な資質や条件を十分にそなえてはいなかった。あるいは、それを十分承知の上で、そう振る舞っていただけなのかもしれない（それについては既に考察したとおりである）。

キツネとの話も、一方的にリードされる形とはいえ、一応は「対話」の体をなしてはいる。だが、他の相手との場合と同様、それは「対一者」的な対話関係に留まっている。それは当事者間だけで完結する閉ざされた対話に過ぎず、そこに第三者である「他者」が積極的に介在してくる可能性はまずない。キツネが意図的に使用する「飼い馴らす・なつかせる」という動詞は、そうした閉ざされた対話を打ち立て、相手以外の「他者」を外部に排除する主導装置として機能している（「でも、もしきみがぼくをなつかせてくれるなら、ぼくらはお互いが必要になる。きみはぼくにとって、この世でたった一人のひとになるし、きみにとってぼくは、この世でたった一匹のキツネになるんだよ……」［68・一〇五］）。「そうしたいけど、でもぼく、あんまり時間がないんだ。友だちを見つけなきゃならないし、知っておかなきゃいけないこともたくさんあるし」（69・一〇八）と、キツネの執拗な懇願を一旦は撥ねつける王子だが、その純真さのせいか、仕舞いにはキツネの老獪な話術にまんまと丸め込まれることになる。王子は完全にキツネに飼い馴らされてしまうのだ。

キツネに感化された後の王子の姿勢は、彼がその直後にバラの花たちに向けて放った、「他者」排除の姿勢によく表れている。既に引用した一節だが、改めて断片的に記しておくことにしよう。

「きみたちはぜんぜん、ぼくのバラには似てないよ。ぼくにとってきみたちはまだ、なんでもないんです。だれもまだ、きみたちをなつかせてないし、きみたちだって、まだだれのことも、なつかせていない。

〔……〕」

〔……〕

「きみたちはきれいだけど、でもからっぽなんだよ」

〔……〕

「きみたちのためには死ねない。〔……〕でも、きみたちみんなを集めたより、あの一輪のバラのほうが大事なんだよ。〔……〕だって、ぼくのバラなんだもの」（72・一一一―一一二）

こうした王子の発言には、飼い馴らし、飼い馴らされた関係にある相手だけが、信頼に値する唯一大切な存在であるという考えが明確に示されている。自分の「射程距離」内、相手の「射程距離」内に収まるものだけが、相互的な関係を取り結ぶに相応しい存在だということだ。

だが、王子は語り手との決定的な別れが迫るなかで、キツネと強固に意識共有してしまったそうした関係のあり方を決然と修正していく。それは一言で言うなら、相手との関係を「対一者」的な関係から、「複数の他者たち」に向けた関係へと深化させることを意味している。意識の変化は、王子と語り手が最後の場面で星の話をすることを契機に芽生え始める。

「〔……〕ぼくの星はきみにとって、たくさんある星のうちの一つ。それならきみはきっと、どの星を見ても嬉しくなると思うんだ……。どの星もみんな、きみの友だちだよ。」(87・一三六)

星はどれか一つだけが大切なのではない。どの星にもすべてそれぞれの存在価値がある。そして、光り輝く星のすべてが、眺める人たちの友だちであり、彼らを幸せにするのだ。王子は、その後も同種の言明を語り手に繰り返す。

「きみが夜、空をながめるとき、どれかの星にぼくが住んでいて、そこでぼくが笑っていると思えば、きみにとっては全部の星が笑っているようなものでしょう。きみがもてるのは、笑うことのできる星なんだよ！」(87・一三七)

「ね、きっときれいだろうね。ぼくだって星をながめるよ。どの星にもみんな、井戸があって、さびた滑車がついてるんだ。どの星もみんな、ぼくに水をついでくれる……」

〔……〕

「ゆかいだろうねえ！　きみは五億の鈴のもちぬし、ぼくは五億の井戸のもちぬし……」（90・一四二）

キツネが求める飼い馴らし、飼い馴らされる関係が、二つの存在間の閉塞的・自己完結的、さらには上下的・権力的な関係であったのとは対照的に、王子が今ここで思い描いているのは、無数の様々な星々の間に何の断絶・差別もなく広まって行く、幸福感溢れる関係なのだ（「それならきみはきっと、どの星を見ても嬉しくなると思うんだ……」）。それはもはや、相手の見えない心を、互いにこそこそと探り合うような関係ではない。それはまさに、見ること、眺めることによって感じ取られる、真なる友愛の関係（「どの星もみんな、きみの友だちだよ」）だと言えるだろう。そこではもはや、周りの目を無暗に気にするような臆病な態度も、誰かの気持ちに取り入ろうとする屈従的な仕草も必要ない。星は無数にあり、それぞれがみな、それぞれの生命を持って光り輝いているのだから。

〔……〕きみが空を見上げて笑っているのを見て、きみの友だちはみんな、びっくりしちゃうだろうなあ。そしたら、こういえばいいよ。『そうさ、ぼくはいつだって、星を見ると笑いたくなるのさ！』ってね。さぞかし、変なやつだと思われるだろうね。（88・一三七）

11　王子が地球で出会う人々

地球にやって来た王子は、そこで何人の人間たちと出会い、対話を交わしただろうか。一人は無論、作者サン=テグジュペリの分身と思《おぼ》しき語り手、墜落した飛行機の操縦士。王子にとって、またこの物語にとって、この人物が最も重要な地球人であることはまず間違いないだろう。王子と親交を深め、長く貴重な対話を交わし、別れ（死）の場に立ち会うことを許された者は、彼以外、存在しないからである。だが、王子が地球で出会う人間は、その他にも二人存在する。何気なく読み飛ばしてしまいそうな箇所だが、それは王子がキツネと出会う章の直後に置かれた、さりげない二章（第22章、第23章）に登場する。

この小さな二つの章は、改めて考えるまでもなく、極めて不思議かつ唐突な形で、この作品に埋め込まれたような印象を与える。砂漠の真ん中に落ちて来たはずの王子は、いったいいつ、どこで、またどのようにして、語り手以外の人間と出会うことができたのか。砂漠でキツネが登場する章と、飲み水を求めて井戸を探しに行く章の間に挟まれた、これら二つの章には、今王子が身を置いている砂漠とはまったく異質な人間社会が、突如として姿を現わすのだ。

第22章で、王子が「こんにちは」と言って声をかけるのは、線路のポイント係。砂漠の真ん中では到底出会う可能性のない類の人間だ。彼は砂漠を旅行しているのではない。自分の職務をこなしている最中なのだ。状況が理解できない王子は、相手が何をしているのか尋ねる。すると、相手はこう答える。「お客をよりわけてるのさ、千人ずつまとめてな。こんどは右、おつぎは左ってね」（74・一一四）。ここで「よりわける」と訳されているフランス語の動詞は、「区別する」、「区分する」を意味する“trier”。そのとき、目の前を猛然と通り過ぎる特急に驚き、王子は相手に再度質問する。だが、その後の二人の遣り取りは、どこかぎこちない。


「ずいぶん急いでるなあ。何をさがしてるんだろう」

「そりゃ、運転手だって知らないんだ」

〔……〕

「あの人たち、もう戻ってきたの？」ちいさな王子はたずねた。

「さっきの人たちじゃないんだよ。すれちがったのさ」

「自分のいるところが、気に入らなかったのかなあ」

「自分のいるところが気に入っている人間なんて、いやしない」

〔……〕

「最初の人たちを追いかけてるのかな？」

「なんにも追いかけてなどいないさ。あのなかで眠ってるか、あくびをしてるかだ。こどもたちだけは、窓に顔をくっつけて外を見てるけどな」

「なにをさがしてるのか、こどもだけはわかってるんだ。こどもは、ぼろきれで作った人形と時間をかけて遊ぶでしょ、そうするとぬいぐるみはとても大事なものになる。で、それを取りあげられたら、こどもは泣いちゃうんだ……」

「こどもがうらやましいなあ」とポイント係はいった。（74―75・一一四―一一五）

ここで突然挿入される王子とポイント係との対話は、いったい何を語っているのだろうか。

最後に登場する子どもたちへの言及が、常にこの物語の基底にある「大人」と「子ども」の対立・対照関係を強調するものであることは疑いない。子どもだけは、大人と違い、常に何かを見、何かを探し、何かを理解している。そして、「ぼろきれで作った人形」の「ぬいぐるみ」のような、大人たちにとっては何の価値もない慎ましい存在の中に、何事にも替え難い至高の価値を見出しているのだ。

では、前半で語られる列車の話は、いったい何を意味しているのだろうか。それは列車に乗る大人たちの様子を描き出している。彼らには、自分が何を探しているのか、誰を追いかけているのかも分からない。生きることに何の喜びも見出せず、退屈するか、疲れ切って眠っている。子どもたちとは対照的に、そこには一抹の生気も活力も感じられない。ただただ生きているだけなのだ。この光景に登場する大人たちは、いったいどのような状況に置かれているのだろうか。そこにはたぶん、この物語が刊行された当時(一九四〇年代)の社会状況が、濃密に反映されている。それは言うまでもない、第二次世界大戦下の悲惨な現状だ。誤読を恐れず、敢えて穿った読み方を示すなら、この列車に関する描写には、あのナチス・ドイツによる強制収容所へのユダヤ人移送を想像させるものがある。列車の描写自体からは、ユダヤ人移送に使われた列車のような凄惨さは感じ取れないが、ポイント係の言葉が想起させるのは、夢も希望もない乗客＝移送者たちの絶望的な姿だ。「お客をよりわけてるのさ、千人ずつまとめてな。今度は右、おつぎは左ってね」という言明には、強制収容所に移送した数多くのユダヤ人たちを、強制労働とガス室殺害とによりわける("trier")作業を連想させるものがある。この列車がどんな場所に向かうのかについては、運転士にさえ知らされていない(「そりゃ、運転士だって知らないんだ」)。そして、いったん移送された乗客＝移送者たちは、もう二度ともどることはない(「さっきの人たちじゃないんだよ」)。そして、極めつきなのは、「自分のいるところが気に入っている人間なんて、いやしない」という救いのない言葉だ。列車に乗る人間も、そうでない人間もみんな苦しんでいる。それが「戦争」というものの実情なのだ。

では、子どもたちには分かっている「さがしもの」とは、いったい何のことなのか。王子はそれを「ぼろきれで作った人形」の「ぬいぐるみ」に譬えている。それは高価でもなければ、華やかでもない。だが、子どもたちにとって、それを取り上げられるのは、生命を奪われるほど辛いことなのだ。人間の生命をまさに「ぼろきれ」のように踏みにじる「戦争」。「戦争」とは、子どもたちが時間をかけて探し慈しむ粗末な「ぼろきれ」の対極に控える、強大で破壊的な事象のことだ。何も探そうとしない大人たち、そしてやがては戦争を引き起こしてしまう大人たち。彼らには、子どもたちが探し求めるこの「ぼろきれ」の大切さがまったく理解できていないのだ。

第23章でも、物語は唐突に、街中に住むと思われる薬商人の話に切り替わる。第22章と同様、王子がどのようにして砂漠から、その商人のもとまで移動したのかは、まったく不明である。そして、今回もまた、王子と商人の間で交わされるのは、奇妙としか思えない謎めいた遣り取りだ。

それはのどの渇きをしずめるという、あたらしい薬を売る商人だった。週に一粒、その薬を飲めば、それでもう何も飲みたくなくなるのだそうだ。

「どうしてそんな薬を売ってるの?」ちいさな王子がたずねた。

「ずいぶん、時間のせつやくになるんだよ。専門家が計算してみたんだ。

そしたら、毎週五十三分のけんやくになるらしい」

「その五十三分をどうするの？」

「好きなように使えばいいさ……」

ちいさな王子はつぶやいた。（ぼくだったら、もし五十三分つかえるなら、どこかの泉まで、ゆっくり歩いていくだろうなあ……）（75―76・一一五―一一六）

この商人の言明も、これまで見てきた大人たちの場合のように、「〔大きな〕時間のせつやく(une grosse économie de temps)」、「計算(calculs)」といった、大人社会の仕組みや風潮を象徴する名詞や形容詞によって突き動かされている。そこには、ひたすら効率だけを追求しようとする、大人たちの精神が現われているのだ。

では、効率を追求して得られる時間は、いったい何に使うというのか。「好きなように使えばいいさ……」という商人の答えは、一見自由で合理的だ。だが、それは専門家によって計算された、節約・倹約のための節約・倹約に過ぎない。それは結局、何にも使われることのない無駄な時間として、強制的に作り出されるものでしかないからだ。そこには、王子が望むような、「生」をゆっくりと楽しみ、おいしい水を飲み味わうという雰囲気は、些かも感じられない。「喉の渇き」を覚えるというのは、人間や動物が生きていることを確認する大切な瞬間のはずだ。だが、商人がしているのは、そうした渇きを生物の「生」から排除することに他ならない。敢えて言うなら、商人の売る薬は「生」の喜びを奪い、「死」にも似た状況に人々を引き渡すものでしかない。商人によれば、「その薬を飲めば、それでもう何も飲みたくなくなるのだそうだ」。人間や動物が「何も飲みたくなくなる」という事態は、はたして何を意味しているのだろうか。それは既に、「死」の領域に身を置いていることではないだろうか。

再び、誤読を気にせずに述べるなら、この商人の言葉にもまた、あの線路のポイント係の場合と同様、「戦争」の影が生々しく付き纏っている。喉の渇きを鎮め、いったん口にしたら、「何も飲みたくなくなる」薬、それによって、大幅な時間の節約・倹約が可能になる薬。それはまさに、生命を殺《あや》める薬、つまり「毒薬」ではないのか。それは多くの人の生命を一気に奪い去る化学的薬物やガス、あるいは生物兵器のようなものを連想させはしないだろうか。

王子は結局最後の最後まで、大人たちの対極というスタンスを誠実に維持し続ける。そして、その脳裏には、これからもまた、大人たちによって引き起こされるかもしれない「戦争」のイメージが、色濃く深く焼きつけられている。地球で唯一「友だち」になれた語り手の中にも、そうした王子からのメッセージは着実に受け継がれて行くだろう。物語の最後は、まるで自身が王子になってしまったかのような真摯な語り手の言葉によって、力強く締め括られている。

それはまったく、じつにふしぎなことだ。ぼくと同じようにちいさな王子のことが好きなきみたちにとっても、ぼくにとっても、どこか知らないところで、知らないヒツジがバラを一輪、食べたか食べなかったかで、宇宙のいっさいが違ってしまうんだからね……。

空をながめてごらん。そして考えてごらん。ヒツジは花を食べたか、食べなかったか？　それだけでなにもかもが、どれほど変わってしまうかが、きっとわかるはずだ……。

そして、それがそんなに大事なことだとは、どんなおとなにも決してわかりはしないのさ！（93・一四六―一四七）

12

星と砂漠の思考

サン＝テグジュペリは、この作品中に自身の描いた水彩画を多数散りばめているが、最後の一枚には、一つの星と砂漠だけを描いた白黒の一枚が選ばれている。そこには人間も動植物も何一つ見当たらない。簡略化された二本の線と、五つの角を持つ星のみで構成されるこの絵には、作品の最後を飾るに相応しい清澄感と哀切感が漲《みなぎ》っている。語り手も自作のこの絵に、こうコメントしている。

これがぼくにとって、この世でいちばん美しくていちばん悲しい風景なんだ。前のページと同じ風景だけれど、もう一度、きみたちによく見てもらおうと思って描きなおした。ちいさな王子はここで地上にあらわれ、そして消えた。（95・一四九）

前の絵は彩色画で、そこには星と同じ黄色（金色）の服を着た王子が、こちらに背を向けて立っている。地球で目にされた、王子最後の姿であろう。これら二枚の水彩画は、地球での使命を終えた王子が「生」の領野である地球から、再び「死」の領野である星に戻ったことを暗示している。王子は語り手と密接な対話を交わし、その姿を見ることのできない世界に還って行く。残されたのは、何一つ変わらぬ星と砂漠だけ。語り手の言うように、その光景は「この世で一番〔……〕悲しい風景」に違いない。それは決して否定できない。だが、大切なのは、それが同時に「この世でいちばん美し〔い〕」ということだ。

王子には、出会った相手との間に絶妙な「距離感」を維持する能力がある。王子は誰と別れる際も、驚くほど冷静で潔い。花や経めぐった六個の星の住人たちと別れる際も、ほとんど躊躇する素振りも見せず、彼らのもとを去って行く。それは、最後に別れることになる語り手に対しても同じだ。王子は無論、語り手との別れを誰よりも辛く、悲しく感じている。だが、彼は敢えて「今夜は……わかるでしょ……きちゃだめだよ」、「そんなの、わざわざ見にくることないからね」（88・一三八）と訴えるのだ。そして、王子はその言葉どおり、地球を去って行く。

その夜、ぼくは王子が出発したのに気がつかなかった。音も立てずにこっそりと行ってしまったんだ。なんとか追いついたが、王子は覚悟を決めた様子で、さっさと歩きつづけていた。ぼくにはこういっただけだった。

「なんだ、きたのか……」（88・一三九）

飛行機が砂漠に墜落し、テクノロジーが機能しなくなった間だけが、王子と語り手が会うことを許された、たった一度だけの時間だ。飛行機の修理が終わり、再び操縦が可能になったら、また二人は別々の世界に離れて行くしかない。いつまでも一緒にいられるわけではないのだ。この不思議な運命的「距離感」こそが、この物語の枢要な要素であることは、まず間違いないだろう。「ここだよ。あとはぼくひとりで行かせて」（90・一四三）、「さあ……。話はこれで全部だよ……」（91・一四三）。そう呟いた王子は、まさに「音さえたてることなしに」語り手の前から消え去って行く。地球の人々――とりわけ、子どもたち――の心の奥底に、小さな星からのメッセージを永遠に刻みつけながら。

こうした王子の行動には、キツネが王子を籠絡しようとした際に口にした、あの「飼い馴らす・なつかせる」といった仕草には見られない、真逆の気持ちが溢れている。王子には、相手のことが理解できたとは考えず、同じ質問を執拗に繰り返すことがよくある。その結果、ちぐはぐな会話も少なからず生じる。黙ってしまうか、何も答えないこともある。でも、自分は頻繁に質問する。容易く折れないし、安易な納得もしない。それはたぶん、自分と相手があくまでも違う存在（「他者」）であることを、どこかで意識しているからだ。「飼い馴らす」というのが、自分と相手との距離を限りなく無化することだとすれば、王子がしているのは、両者の間に、両者にとって必要な距離を常に保ち続けることに違いない。王子はたぶん、相手が大切な存在であればあるほど、そうした距離を維持しようとするだろう。

それは、間もなく別の領野（生と死）に帰還しなければならない相手、互いに「他者」である他ない相手に対して、友愛・誠意・信頼の気持ちを表明することとなのだ。永遠に会えなくなってしまう存在、遠すぎて見えなくなってしまう存在。そうした大切な存在に対し、その間に横たわる無限の距離を越えて、その後も心を交わし続けること。それこそが、王子の願っていることに相違ない。キツネが王子に言う「心で見なくちゃ、ものはよく見えない。大切なものは、目には見えないんだよ」という言葉にもし意味があるとすれば、それはまさに、王子と語り手が砂漠での辛い別れを経て、互いに見ること、会うことができない存在になったとき、初めて理解されるかもしれない。いつも自分の近くにいる存在だけが、大切なわけではない。あまりに遠すぎて、その姿を確認できなくなったときでさえ、大切な存在は王子の星のように、いつも空のどこかで輝いている。最後の挿絵では、星と広大で人気のない砂漠だけが、静かに対峙している。確かに、「この世でいちばん美しくていちばん悲しい風景」と言うに相応しい。何という距離感。何という孤独感。生きているものが何一つ見当たらない閑寂な空間。だがそれでもなお、この風景については、語り手のように、「この世でいちばん美し［い］」と言わなければならないだろう。それに異を唱える者は、たぶん一人もいないはずだ。

おわりに

既に遠い昔のことになるが、アントワーヌ・ド・サン゠テグジュペリの諸作品については、学生時代、『南方郵便機』、『夜間飛行』、『人間の土地』、『戦う操縦士』などを読み耽った記憶が、まだ朧気ながらに残っている。だが、その当時、『星の王子さま』のタイトルで愛されてきたこの小作品を読むことは、おそらくなかったのではないか。それを初めて読んだのは、三十代半ば過ぎのことだったのではないか。そんな気がする。正直に言えば、特に感動を与えられた記憶もない。たまたまパリで購入した版が手元にあったが、じっくりと手に取って、ページを捲ってみることもなかったと思う。要するに、あまり関心がなかったということだ。

傑作と目されるこの作品をきちんと読む機会が訪れたのは、二〇一六年一二月三日、非常勤講師として出講していた白百合女子大学大学院の児童文化研究センターから、講演の依頼を受けたときだった。あまり親しむこともなかった作品なので、さてどうしようかと悩んだ末、「*Le Petit Prince* 星と砂漠の思考」と題して、何とか話をまとめることにした。因みに、講演のサブ・タイトル（「星と砂漠の思考」）は、本書・第12章のタイトルとしても、そのまま採用されている。この講演で話した主な内容は、本書でも展開されたキツネと、動詞“apprivoiser”に関する問題であった。このテーマに関しては、講演のときも、本書執筆のときも、見解は基本的に変わっていない。

それから三年あまり後のことだったろうか。小鳥遊書房の高梨治さんと夕餉の閑談をしていた際、「名作とされているもので、今改めて再読し、議論してみたいと思うような作品はありませんか」と問われたことがあった。そして、今でも鮮明に覚えている。そのとき、思わず口に上ったのは、他でもない、まさに *Le Petit Prince* だったのだ。講演の経験があったとはいえ、この作品が何故真っ先に頭に浮かんだのか、自分でもよく分からなかった。長い間、特別な感銘を受けることなく接してきたはずのこの作品が、何故最初に思い浮かぶのか。そのときは、どうしても理由が理解できなかった。

だが、そう口にするからには、単なる思いつきではない原因のようなものが、何かあったに違いない。今にして思えば、講演を準備し、人前で話を終えた時点で、いつの間にか、すっかりこの作品に囚われてしまっていた、ということかもしれない。一応、話はまとめてみたものの、何か気になるもの、まだ話すべきことが、その後いつまでも脳裏に漂っているような感覚だったのだ。

この得も言われぬ不思議な感覚を少しでも払拭するには、この作品を改めて再読してみるしかない。真剣にそう思った。高梨さんの問いかけに、躊躇なく「*Le Petit Prince*」と答えたとき、既に心は決まっていたのかもしれない。まさに、高梨さんからの時宜を得たご提案だったわけだ。

原文で七〇数頁ほどのテクストということもあり、各テーマについて遠大な議論を展開することは叶わなかった。章の長さも、それぞれまちまちである。内容的にも、多くの読者が抱く王子や作品のイメージと抵触する議論が多々あるかもしれない。本書は何よりも、この作品を童話や児童文学といった固定的なジャンルから解放することを目的に、書かれている。そうした意味では、ある種の流儀違反のような仕草を遂行していると思われるかもしれない。率直に言えば、作者がこの作品に込めた意味や思いについては、未だにうまく説明できていない部分もある。誤った解釈を提示している可能性さえあるかもしれない。それは無論、十分弁えた上で、この作品に関する言明や評釈にはできるだけ縛られず、テクストの精読だけに、ひたすら意識を集中するという方法を選択することにした。その評価および批判については、読者諸賢の自由な判断に委ねたいと思う。

本書は奇しくも、感染症の全世界的な流行の中で執筆されることになった。その間、キツネが王子に残す、この作品の代名詞とも思しきメッセージ――「大切なものは、目には見えないんだよ」――が、まったく異なる意味を持つものとして、何度も何度も脳裏を去来した。大切なものは目に見えないと言うけれど、それなら、目に見えないものは、すべて大切なのかという素朴な疑問が、ふと頭をもたげたのである。バオバブのお香を愛する者としては、樹木としてのバオバブには何の罪もないと思うのだが、この作品に登場するバオバブのイメージが、見えない形で蔓延していく感染症ウイルスのイメージと、あるとき突然、重なり合ってしまったのだ。こうした体験は、あくまで偶然という他ないだろう。だが、この時期にこの作品と向かい合えたことは、細やかな僥倖だったと言えるかもしれない。時が流れ、時代が変わっても、世界の出来事に注がれる視線の源には、「生」に対する精妙な感性が、常に変わらず息づいていると感じられたからだ。

本書の執筆、編集、出版については、前作『他者の在処――住野よるの小説世界』（二〇二〇年）に続き、小鳥遊書房の高梨治さんにお世話いただいた。この場を借り、心から感謝申し上げたい。また、本書のカヴァー表紙のために素晴らしい作品を快く提供してくださった本間ちひろさんにも併せて謝意を表したいと思う。

二〇二一年三月三一日

土田知則

【著者】

土田知則

（つちだ　とものり）

1956 年、長野県に生まれる。
1987 年、東京大学大学院人文科学研究科博士課程単位取得退学。博士（文学）。
千葉大学名誉教授。
専門はフランス文学・文学理論。

著書に、『現代文学理論――テクスト・読み・世界』（共著、新曜社、1996 年）、
『ポール・ド・マン――言語の不可能性、倫理の可能性』（岩波書店、2012 年）、
『現代思想のなかのプルースト』（法政大学出版局、2017 年）、
『ポール・ド・マンの戦争』（彩流社、2018 年）、
『他者の在処――住野よるの小説世界』（小鳥遊書房、2020 年）ほか、
訳書に、ショシャナ・フェルマン『狂気と文学的事象』（水声社、1993 年）、
ポール・ド・マン『読むことのアレゴリー
――ルソー、ニーチェ、リルケ、プルーストにおける比喩的言語』（岩波書店、2012 年）、
バーバラ・ジョンソン『批評的差異――読むことの現代的修辞に関する試論集』
（法政大学出版局、2016 年）ほかがある。

『星《ほし》の王子《おうじ》さま』再読《さいどく》

2021 年 6 月 10 日　第 1 刷発行

【著者】
土田知則

発行者：高梨 治

発行所：株式会社**小鳥遊《たかなし》書房**
〒 102-0071　東京都千代田区富士見 1-7-6-5F
電話 03 -6265 - 4910（代表）／ FAX　03 -6265 - 4902
http://www.tkns-shobou.co.jp

装画／本間ちひろ
装幀／渡辺将史
印刷／モリモト印刷株式会社
製本／株式会社村上製本所
ISBN978-4-909812-60-5　C0098